UN MAL PRESAGIO

LORI BEASLEY BRADLEY

Traducido por
PATTY MORALES

PRÓLOGO

Ella entró con las bolsas de comida colgadas sobre su brazo e inmediatamente supo que algo en la casa estaba mal.

Fiona llevó sus comestibles a la cocina y dejó las bolsas en la mesa de carnicería. El correo del día estaba en una pila ordenada sobre la caja del pan. Lo clasificó y miró con disgusto a los ojos. Facturas, facturas y más facturas, la mayoría con letras de color rojo brillante que significaban "vencido y en necesidad de atención inmediata".

"¿Qué van a desconectar ahora, Elliot? ¿El agua, el cable o el gas?" murmuró para sí misma mientras buscaba a su esposo en la sala de estar, que había llegado antes que ella a su casa. Su carro estaba en la entrada, había recogido el correo, y en la televisión había un partido de béisbol, pero él no estaba a la vista.

Fiona dejó caer sus llaves en la mesa del pasillo con su bolso y miró hacia la amplia y alfombrada área hacia la luz que venía de su dormitorio. Se quitó los zapatos y se dirigió en esa dirección. ¿Qué estaba haciendo en el dormitorio cuando tenía la televisión encendida aquí?

Su boca se abrió en shock cuando vio la respuesta. Su marido, Elliot Clegg, estaba tendido desnudo de espaldas en la gran cama con su joven ayudante rubia, Lindsey, a horcajadas en su entrepierna, montándolo como un jockey en el Belmont Stakes.

"¿Qué demonios está pasando aquí, Elliot?" Fiona se las arregló con un chillido incómodo cuando entró en la habitación.

Vio cómo su esposo tiraba a la rubia desnuda de su debilitada erección al otro lado de la cama, al lado de Fiona, y saltaba a sus pies. "¿Qué haces en casa, Fi? No te esperaba hasta más tarde esta tarde."

Fiona miró con asombro a la joven, que se apresuró a buscar su ropa. "Eso es obvio", dijo y abrió las puertas del armario para buscar sus bolsas.

"¿Qué crees que estás haciendo, Fi?" reclamó Elliot cuando su esposa comenzó a sacar su ropa de las perchas y a meterla en las bolsas.

"Algo que debería haber hecho hace mucho tiempo, Elliot".

Elliot agarró el brazo de Fiona con una mano oscura y bronceada. "Ella no significa nada para mí, Fiona", dijo, "Sólo estaba desahogándome un poco".

Fiona vio cómo la boca de Lindsey se abría mientras la rubia miraba fijamente a Elliot. "Oh, sí", gruñó Fiona mientras cerraba la cremallera de una bolsa y entraba en el baño para recoger artículos de aseo y maquillaje en la otra, "y apuesto a que sé lo que la pequeña rubia tonta estaba soplando".

Elliot dejó escapar un largo respiro. "¿Adónde crees que vas a ir, Fiona?", preguntó. "No hay dinero en el banco, y las tarjetas están al máximo otra vez. No podrás conseguir un hotel".

" Y, ¿qué hay de nuevo en eso?" Miró a su marido desde hace veinte años, que estaba en la puerta del baño. "No te preocupes por mí, Elliot. Hoy me han pagado".

"Pero ese dinero tiene que ir para el pago de la casa, la factura de la electricidad, y -"

"Y ahora estás solo en eso, Elliot", dijo Fiona encogiéndose de hombros mientras pasaba al lado de su marido en el dormitorio, donde Lindsey estaba metiendo sus pies en un par de zapatos muy caros. "Tal vez puedas traer a la rubia idiota para que te cubra las cuentas como yo lo he hecho durante los últimos veinte años". Fiona pateó el Prada izquierdo del alcance de la mano de Lindsey. "Estoy segura de que también pagué por esos", le dijo a la rubia resplandeciente, "pero se ven demasiado grandes para mis pies, así que puedes quedártelos". Fiona le lanzó el zapato a la joven de ojos abiertos. "También puedes quedarte con él."

Con las dos bolsas en sus manos y las lágrimas picándole los ojos, Fiona agarró su bolso y las llaves. "Vendré por el resto de mis cosas en unos días", miró por encima del hombro antes de salir al brillante sol de Luisiana.

Lágrimas de frustración corrían por el rostro de Fiona mientras conducía hacia Santa Isabel. ¿Qué se suponía que debía hacer ahora? La escuela terminaría en el verano en unas pocas semanas. ¿Qué se suponía que iba a hacer durante el verano? Ciertamente no trabajaría en Clegg Marine, el lujoso concesionario de barcos de Elliot, sin un salario, como lo ha hecho todos los veranos y vacaciones desde que abrió.

CAPÍTULO UNO

FIONA MIRÓ LA BRILLANTE LUNA QUE PROYECTABA UN BRILLO sobre las ondulantes y oscuras aguas del Black Bayou mientras se sentaba en un tronco y lavaba el suave y fresco barro de entre los dedos de sus pies descalzos.

El agua fresca se sentía bien en sus pies cansados. Había sido otro largo día en su tienda, la librería y cafetería El Pan de la Vida, en St. Elizabeth, Luisiana. La ciudad estaba situada en la orilla del gran Black Bayou y había estado allí desde que los colonos de Canadá se dirigieron al sur por los sistemas fluviales en la época de la Compra de Luisiana a principios del siglo XVIII. Fiona era una de las brujas del Black Bayou, aunque nunca se le había permitido desarrollar su talento.

Fiona se estremeció cuando escuchó un gran felino chillar en el pantano boscoso al otro lado del camino negro desde donde estaba sentada. Se dijo que las panteras vagaban por esos bosques, aunque Fiona nunca había visto una. Muchas cosas que Fiona nunca había visto se suponía que vagarían por los pantanos alrededor de Black Bayou, cosas que nunca quiso ver.

"Supongo que será mejor que me vaya antes de que decidas salir", se dijo Fiona a sí misma y a la escurridiza pantera mientras empujaba su cansado cuerpo de 55 años del tronco y volvía a ponerse sus zapatos baratos pero cómodos.

"La rubia tonta de Elliot puede quedarse con sus malditos Prada. No fueron hechos para alguien que está de pie todo el día de todos modos." Fiona inhaló la dulce brisa con aroma a jazmín cuando se acercó a la cálida carretera de asfalto. Los altos cipreses se movían con la brisa, y Fiona podía oír el crujido de las ramas como lo hacían sus rodillas cuando se movían.

Algo más llamó su atención, y Fiona sacudió su cabeza para mirar fijamente los oscuros bosques. No era el felino, estaba segura. Esto se sentía muy diferente a Fiona. Ella extendió la mano con sus sentidos DuBois para intentar encontrar el origen, pero no lo logró.

Annette DuBois, la difunta madre de Fiona, había nacido como miembro de una de las familias fundadoras originales de St. Elizabeth, la DuBois. La familia había huido de Francia en el siglo XVI para escapar de la Inquisición y luego huyó de Canadá por la misma razón en el XVIII. Los cazadores de la Iglesia podían ser implacables cuando encontraban un rastro.

Los DuBois y los Rubidoux se habían establecido en los remotos parajes salvajes alrededor de Black Bayou junto con algunas otras familias indígenas. Algunos que habían viajado desde Canadá habían emigrado a Nueva Orleans o a las islas del Caribe para establecerse y practicar sus creencias. Eran familias de brujas naturales que todavía practicaban la antigua religión de Europa basada en la diosa y que podían recoger el poder del mundo vivo que les rodeaba. Esto había llamado la atención de la Inquisición en Europa y, temiendo por sus vidas, las familias habían huido de sus hogares en Francia para buscar la libertad y la seguridad del Nuevo Mundo al otro lado del Atlántico.

Esta era la herencia de Fiona, algo en sus genes, pero su padre, Arthur Carlisle, le prohibió estudiar y practicar sus habilidades. Su madre le había rogado y suplicado a su marido que al menos le diera a su hija lo básico, para que no se dañara a sí misma o a otros con sus habilidades, pero Arthur se había mantenido firme, y Annette le había dado a su hija muy poca tutela.

Fiona podía sentir el mundo vivo que la rodeaba en un grado mayor que otros, pero no tenía idea de cómo usarlo para su beneficio o el de otros.

Tuvo su primera regla a los doce años, y junto con los cambios en su cuerpo llegó el primer indicio de sus habilidades naturales. Fiona se había dado cuenta de que podía sentir cosas que otros a su alrededor no podían. Podía sentir el grillo arrastrándose por el hábito negro de la hermana María José mientras se aburría en la clase de historia y al gato del vecino en el árbol afuera de su ventana. También podía sentir la pequeña rana que el gato estaba cazando.

Fiona se emocionó cuando se dio cuenta de que podía advertir a la ranita del peligro o instar al grillo a moverse más rápido por el hábito de la hermana hasta que la monja se puso en pie de un salto gritando en un esfuerzo por librarse de la criatura.

Los libros habían sido el consuelo de Fiona cuando era niña. Tenía un carné de biblioteca en la Biblioteca Pública de Santa Isabel y sacaba libros de todos los temas. Se había emocionado cuando encontró una sección sobre brujería en la biblioteca, pero después de leer sólo dos libros sobre el tema, se dio cuenta de que habían sido escritos por charlatanes que no sabían nada sobre el tema de la magia real.

Continuó experimentando, y una tarde cuando la bravucona de la clase, Susan Waters, empezó a atormentar a Fiona por pertenecer a una de las familias de brujas más famosas de Santa Isabel, extendió la mano y golpeó a la odiosa chica con todo lo que tenía. Sin embargo, no había usado su puño, y este puñetazo no dejaría una marca física. Fiona había golpeado a la bravucona con la fuerza que había reunido dentro de sí misma. La chica había caído al suelo agarrándose la cabeza y se retorcía de dolor.

"Estás celosa porque no puedes hacer eso", le había susurrado Fiona a la chica que rodaba y babeaba en el suelo del aula.

"Usó su brujería conmigo, hermana", Susan había llamado a la hermana Mary Joseph mientras se ponía de pie usando el pupitre de la clase. "Es una bruja malvada como las que usted nos advierte, hermana, y debería ser quemada en la hoguera o colgada."

La monja había agarrado a Fiona. Ella había enseñado en St. Agnes durante décadas y había escuchado las historias de las brujas del Black Bayou. "¿Qué horrible hechizo le hiciste a la pobre Susan, Fiona?" La monja sostenía su crucifijo como Fiona había visto hacer a la gente en las viejas películas de vampiros para alejar el mal.

Fiona se había reído de lo ridículo de esto. No pudo evitarlo. Había abierto los ojos como colmillos y siseó a la mujer que se protegía con el crucifijo.

"Ve al despacho del Padre, bruja", había ordenado la Hermana y señaló la puerta con su dedo retorcido y tembloroso.

El viejo sacerdote que dirigía la escuela le había dado a Fiona tres golpes con una paleta de madera y le ordenó que recitara una docena de Ave Marías cada noche durante un mes.

"Tu diosa María no escuchará mi oración, padre", Fiona se había burlado del viejo con una sonrisa. "Ella tiene miedo de la mía".

La boca del sacerdote se había abierto. Había expulsado a Fiona por el resto del período y llamó a su padre para que viniera a recogerla. Arthur Carlisle no estaba contento. Había golpeado a Fiona con su cinturón, la había encerrado en su habitación, y la había llamado con todos los nombres viles que le habían venido a la mente.

Su madre había sido más indulgente. Annette acababa de empezar a mostrar los primeros signos de la enfermedad que le quitaría la vida en cuatro años: el cáncer de ovario. "¿Qué le hiciste exactamente a esa chica, Fiona?"

Fiona no tenía palabras para explicar lo que le había hecho a la odiosa bravucona. "La golpeé con mi poder", dijo finalmente para explicarlo.

Annette había sonreído. "Te das cuenta de que podrías haberla herido gravemente haciendo eso".

"Quería hacerle mucho daño", había dicho Fiona, "pero creo que sólo le di un dolor de cabeza".

Annette arqueó su ceja y sonrió a su hija con orgullo. "Un dolor de cabeza que podría durar mucho tiempo."

"Bien". Tal vez me deje en paz ahora".

Annette le había sonreído a su hija. "Estoy segura de que lo hará, cariño, pero debes aprender a controlar tu temperamento." Annette había tomado a Fiona en sus brazos. "Desearía poder enseñarte lo que necesitas saber", le dijo a su hija con un suspiro, "pero tu padre me lo ha prohibido". Annette frunció el ceño. "Y burlarse de ese viejo e insípido sacerdote fue probablemente un error, también." Ella había guiñado el ojo entonces, y Fiona había sabido que su madre no estaba enfadada con ella.

"¿Por qué, mamá? ¿Por qué no puedo aprender la magia de los DuBois?"

"Conoces a la gente que vive en la isla, ¿verdad?"

"Los Rubidoux", dijo Fiona con un movimiento de su cabeza pelirroja, "las brujas malas."

"Esa es la razón." Annette se había parado y dejado la habitación de Fiona sin explicaciones.

Fiona había echado un vistazo al lugar vacío en el Bayou donde una vez estuvo la Isla Rubidoux y las olas golpeando el pavimento causadas por el agua que se había levantado desde el hundimiento de la isla hace dos años.

Se había producido una separación entre las dos familias, y los Rubidoux se habían trasladado a la isla en algún momento de la historia de Santa Isabel, pero Fiona no había tenido un claro entendimiento de ello a esa temprana edad. Su padre, un católico incondicional, había prohibido a su madre asociarse con su familia o inducir a Fiona a las prácticas de los DuBois.

Era una práctica común que un hombre cambiara su nombre a DuBois cuando se casaba con una mujer de esa familia, pero Arthur Carlisle se había negado y había insistido en que Fiona recibiera su nombre al nacer. Annette había accedido, y aunque nunca había cambiado su nombre por el de su marido, Fiona fue bautizada Fiona

Elizabeth Carlisle en la Iglesia Católica de Santa Inés un mes después de su nacimiento.

Su furioso padre casi la repudió cuando Fiona tomó medidas legales tras la muerte de su madre y alcanzó la mayoría de edad para cambiarse el nombre a DuBois. Quería honrar a la mujer que sabía que lamentaba haberla alejado de su herencia familiar y que cuando podía había deslizado sus libros por autores que sabían sobre lo que escribían.

Fiona volvió al presente y se puso al lado de la carretera cuando vio las luces de un coche que venía detrás de ella. "Maldición", juró cuando sus zapatillas de lona se hundieron en el lodo negro y sucio.

El vehículo se detuvo, y Fiona escuchó el zumbido de una ventana eléctrica bajando. Volvió la cabeza para ver la hermosa cara del ayudante Charlie Broussard que le sonreía desde su vehículo de la policía parroquial.

"¿Qué haces fuera tan lejos de casa tan tarde, Cher?" preguntó en el tono bondadoso que siempre tenía con Fiona.

Ella sabía que él era dulce con ella, pero nunca lo había alentado. Elliot había sido más que suficiente para Fiona, y no había buscado otra relación después de su separación y divorcio.

"Sólo necesitaba un poco de aire después de un largo día en la tienda", respondió, "y decidió dar un paseo".

Charlie volteó sus grandes ojos marrones. "Una larga caminata", dijo. "Sube y deja que la parroquia te lleve de vuelta a casa antes de que un idiota salga del pantano y te muerda o, peor aún, un caimán".

" No me molesta caminar, Charlie, de verdad, no me molesta". Fiona esperaba que él siguiera su camino y la dejara a su paso. "Es una noche tan bonita con la luna llena y todo eso." Cuando el bajó su rostro, y ella escuchó el chillido del gato otra vez, Fiona cedió. "Muy bien, Charlie, gracias". Dio la vuelta a la parte delantera del coche hacia el lado del pasajero, abrió la puerta y se deslizó dentro del coche. Olía a vinilo de tapicería, a café derramado y a vómito. "No me preocupan mucho las serpientes o los caimanes, pero ese gran felino suena cerca."

"No se ha oído hablar de ningún avistamiento de un felino", dijo mientras ponía el vehículo en marcha y pisaba el acelerador, "pero no me sorprendería". Mi abuelo solía decir que el pantano estaba lleno de grandes felinos negros. Nunca nos dejaba salir sin nuestros rifles".

Fiona sonrió. Había oído muchas historias sobre el sabio abuelo de Charlie. "¿Alguna vez has visto uno?"

Charlie se rio. "Ni uno", dijo con una sonrisa en su cara afeitada, "pero una vez vimos un lobo, y mi hermano disparó a un oso en una de las viejas casas de campo de los DuBois cuando estábamos en el instituto".

"¿En serio?" Fiona suspiró. "Ya no hay muchos de esos en la zona, ni tampoco lobos."

"Sólo si no cuentas a Roogaroo", dijo entre risas, usando el nombre Cajun bastardo de hombre lobo en vez del francés Loup Garrou.

"En efecto", dijo Fiona con una sonrisa nerviosa. Como DuBois, Fiona estaba muy familiarizada con los hombres lobo y cómo se convirtieron en lo que eran. La familia había sufrido pérdidas personales a manos de los Rubidoux y la maldición de los Loup Garrou hacía unos años.

Charlie aclaró su garganta. "Lo olvidé", dijo, igualmente nervioso. "Supongo que sabrías de todas esas cosas siendo que eres..."

" ¿Una DuBois?" dijo Fiona. "¿Y una bruja malvada?" Sonrió y movió sus dedos en dirección al diputado.

"No eres Rubidoux, Fiona", Charlie se apresuró a contrarrestar, "y no quise faltarte al respeto".

"Pero mi padre es un bastardo Rubidoux", suspiró, "y todo el mundo en este pueblo lo sabe".

"Y ni una persona del pueblo la tiene en contra tuya, Fiona, o de él."

"El sí", dijo Fiona con un suspiro, "y nunca me ha dejado olvidar que tengo sangre malvada de Rubidoux corriendo por mis venas".

"Pero tu dulce mamá era DuBois", dijo Charlie mientras giraba en el pequeño lote de grava frente a la librería El Pan de Vida y la cafetería.

"Gracias por traerme a casa, Charlie", dijo Fiona mientras abría la puerta del gran Tahoe, pintado en el marrón y dorado de la parroquia.

Charlie la sorprendió cuando salió y la acompañó a la puerta. Se quedó en silencio mientras ella buscaba en el bolsillo trasero de sus jeans y sacaba la llave de la puerta de vidrio.

" Eres más que bienvenida, Fiona", dijo el oficial antes de tomar su cabeza en su mano, llevándola hacia él, e inclinándose hacia abajo para un beso.

Ella debería haber sabido que eso iba a pasar. Fiona se inclinó hacia el beso y separó sus labios para permitir que la lengua de Charlie le sondeara la boca. Sabía a la Coca-Cola que acababa de tragar, y Fiona se preguntó qué era lo último que había comido y cómo le sabía al alto y guapo oficial.

Ella y Charlie tenían la misma edad y habían asistido juntos a la escuela secundaria, pero se movían en círculos diferentes. Él había sido un atleta y corría con los otros jugadores de fútbol y las porristas. Fiona había sido más bien una cerebrito y había escrito para el periódico de la escuela.

Ella había comido un trozo de pastel de chocolate después de que cerró y lo sirvió con un vaso de agua helada. Su aliento no podía ser tan malo.

Fiona tuvo que admitir que estaba disfrutando del abrazo de Charlie y del beso, pero cuando una de las manos de él se movió para acariciar su pecho, ella se alejó.

Puede que te deje besar, grandullón, pero no te adelantes y esperes que te toque también.

"Será mejor que me despida por esta noche, Charlie", dijo y empujó la puerta. "Te veré mañana para el café."

"Me voy mañana", dijo. "Rex y yo saldremos en el barco con un par de amigos del departamento de St. Martinsville. Se supone que los Crappies deberían estar picando". Le dio una sonrisa esperanzadora. "Pero puedo pasar después, si quieres."

Fiona sonrió, levantó la mano y le dio un beso rápido a Charlie en su mejilla rasposa. "Hasta mañana entonces", dijo ella y cerró la puerta antes de que él pudiera responder o ella pudiera cambiar de opinión.

Él probablemente pensó que ella iba a invitarlo a entrar por más. Fiona se sonrió a sí misma. Había pasado un tiempo desde que sus partes bajas fueron atendidas por un hombre. Tal vez debería haberlo hecho. Giró la cerradura de la puerta mientras Charlie salía a la calle. *Tal vez la próxima vez, Charlie.*

Con un largo y frustrado suspiro, Fiona revisó la alarma y subió las escaleras de su apartamento, su santuario del mundo.

El edificio de ladrillos rojos había sido construido como una tienda en algún momento del siglo pasado, y el segundo piso había sido usado como almacén. Tenía un gran ascensor de carga de hierro forjado, pero Fiona rara vez lo usaba. La cosa traqueteaba y sonaba, y lo había hecho revisar e inspeccionar, pero la asustaba, y Fiona usaba las escaleras, incluso para las pesadas cajas de libros y suministros que almacenaba en la parte trasera del desván.

Se detuvo en el descansillo y abrió la puerta de su apartamento. "Por fin en casa", dijo en el cuarto oscuro antes de entrar para encender el interruptor de la luz. Cinco brillantes bombillas blancas florecieron en la lámpara de hierro negro que colgaba en el centro del espacio entre su cocina y la cama de matrimonio con su cabecera de hierro negro. Fiona había amueblado la cocina con electrodomésticos de acero inoxidable y armarios rústicos de ciprés con encimeras de granito gris, y había trabajado durante horas para limpiar la suciedad y la mugre de los tablones de ciprés del suelo. Ahora brillaban con la luz del aparato y se veían perfectos con el blanco que había usado en las viejas paredes de ladrillo.

El edificio había estado clausurado y sin usar durante décadas. Cuando su tía Ruby DuBois oyó hablar de su separación de Elliot y su deseo de empezar un negocio, ofreció el edificio a Fiona por un precio ridículamente bajo y en condiciones que podía permitirse. Fiona había pasado el verano convirtiendo el viejo edificio primero en un espacio habitable y luego en El Pan de Vida.

Ella y su padre, un contratista jubilado, habían arrancado el sucio y manchado inodoro y el lavabo del baño de arriba que había sido el baño "Sólo para gente de color" del edificio en los viejos tiempos de la división racial del sur profundo y los reemplazaron por una brillante bañera blanca de patas de garra con accesorios antiguos, un inodoro y un lavabo de pedestal con accesorios a juego con la bañera.

Arthur Carlisle había trabajado para comer en el Café Le Petite Paris con Fiona y unos pocos dólares, y ella había usado el crédito de su tarjeta de Home Depot para comprar suministros.

Había pintado las paredes interiores de un verde suave que resaltaba el suelo de ciprés dorado y el ladrillo rojo de la pared exterior. La pequeña ventana situada en lo alto del ladrillo encima de la bañera, la dejó al descubierto por la luz que ofrecía durante el día. Una franja de luz con los mismos globos de vidrio que el aparato de la zona de estar se había instalado sobre un espejo ovalado encima del lavabo. Era una habitación encantadora en la que relajarse después de un largo día en la tienda.

Después del baño, Fiona fue al refrigerador y sacó una botella de Zin blanco de la Cervecería Clairvoux que guardaba allí. Llenó un vaso y lo llevó al conjunto de puertas francesas que conducían al balcón que había suspendido sobre el estrecho callejón.

Un toldo de lona a rayas cubría el espacio y protegía los muebles de mimbre del sol y la lluvia. El balcón servía como sala de estar de Fiona después de que ella cerraba por la noche. Una cadena al descubierto de bombillas de vidrio de tres pulgadas iluminaba el acogedor espacio. Fiona se sentó con su copa de vino y se imaginó en un patio del Barrio Francés con una banda de jazz tocando a lo lejos en algún lugar y carruajes tirados por elegantes caballos pasando. Respiró hondo e inhaló los ricos aromas de la vegetación en descomposición alrededor del pantano en la distancia y las florecientes mimosas en el callejón de abajo.

"Esto es el cielo", se dijo a sí misma y bebió su vino. "No sé qué vas a hacer esta noche, Elliot, o con quién lo vas a hacer, pero no te necesito, y ya no me importa un carajo".

Desde debajo de las ramas de sauce de una mimosa bajo el balcón, un grupo de ojos miraba las luces y a la mujer pelirroja.

"No deberías haberte entregado esta noche con el uso de tu vil magia, bruja", murmuró una voz en la oscuridad. "Ahora te he encontrado, y tendré mi venganza. No te saldrás con la tuya por lo que me has hecho pasar a mí y a los que amo."

CAPÍTULO DOS

Estaba inusualmente concurrido para un miércoles por la noche en "El Pan de Vida".

Fiona hizo otra venta y le dio cambio a su cliente. El timbre de la puerta sonó, y ella miró hacia arriba para ver a Charlie entrar con su compañero Rex y otros dos hombres que no reconoció. Si Fiona no lo hubiera sabido ya, sus rostros y brazos quemados por el sol le habrían dicho que los hombres habían pasado el día bajo el sol de Luisiana en un barco en el agua del Black Bayou. Ella sonrió y recogió la cafetera mientras ellos tomaron sus asientos.

"¿Café para ustedes?" preguntó mientras llenaba la taza de Charlie.

Uno de los hombres que Fiona no conocía se quedó mirando su cuerpo mientras se movía por la mesa llenando tazas. La hizo sentir incómoda.

" Café está bien", dijo mientras ella llenaba su taza, "a menos que tengas algo más que ofrecerle a un amigo". Fiona se estremeció cuando sintió la gran mano del hombre en su trasero. Podía oler la cerveza en su aliento y miró fijamente a Charlie.

"Tengo gente en el mostrador", dijo. "Si necesitan algo más, ustedes saben dónde está la hierba".

"No hay problema, Fi", dijo Charlie con un encogimiento de hombros de disculpa.

"¿Ese es el bombón que dijiste que estuvo encima tuyo anoche, Charlie?" Fiona escuchó al otro hombre que no conocía decir mientras se alejaba.

"Es un poco mayor para mi gusto, pero el coño es el coño. Un hombre la lleva donde puede encontrarlo", añadió el hombre que le había puesto la mano en el trasero con una risita de borracho.

Encima tuyo, ¿eh? Una sonrisa se extendió por el rostro de Fiona. Pescando en el sol caliente con cerveza fría en el refrigerador. Ella apostó que ese refrigerador estaba vacío de cerveza ahora.

Charlie le tocó el hombro antes de que volviera al mostrador. "Lo siento, Fiona", dijo, "Earl puede ser un idiota cuando ha estado bebiendo".

"Y algunos se ponen bocazas y cuentan historias sobre cosas que nunca han pasado realmente."

Charlie sonrió y se encogió de hombros. "Ya sabes cómo es cuando los chicos están juntos en un bote... con cerveza".

"Sí, lo sé", dijo con un suspiro mientras veía a un hombre en la puerta luchando con una caja pesada. "¿Puedes abrirle la puerta a ese caballero, Charlie? Necesito poner este café de nuevo en la hornilla antes de que se enfríe".

"Claro, Fi", dijo y se volvió hacia la puerta. "Yo me encargo".

Fiona devolvió la jarra a la máquina, puso granos molidos frescos en el filtro de papel y presionó para hacer la bebida. La máquina silbó y pronto el aroma del café fresco llenó la tienda.

"¿Es usted la propietaria, señora?" preguntó un distinguido caballero de pelo blanco como la nieve y con gafas de montura de alambre mientras colocaba la caja en el mostrador y empezaba a retirar los libros.

"Lo soy", dijo y ofreció su mano. "Soy Fiona DuBois. ¿En qué puedo ayudarle?" Se sorprendió al ver que la pálida mano del hombre era tan fría. Miró hacia fuera de la puerta para ver que había oscurecido. Tal vez la temperatura había bajado más de lo normal junto con el sol y la lluvia prometida estaba en camino.

"Me han dicho que podría estar dispuesta a vender los títulos de los autores locales aquí en su encantadora tienda." Su tono era cordial y sofisticado, algo a lo que Fiona no estaba acostumbrada en Santa Isabel. Ella captó un indicio de acento europeo o del noreste cuando él habló. Ella creía que conocía a todos los escritores locales. Recibía un grupo de críticos los martes y aunque él le resultaba familiar, Fiona no creía que fuera uno de sus habituales.

Le entregó uno de los libros de un montón que había sacado de la caja. Los ojos de Fiona se abrieron de par en par cuando vio el nombre del autor en la portada -Marco Lourdes- un autor de horror gótico de éxito internacional.

Ella miró fijamente al hombre y se dio una patada mental por no reconocer al autor. "Ya tengo sus libros en mis estantes, señor", dijo con una sonrisa nerviosa. "Los consigo a través de la red de distribución de su editorial, y creo que los tengo todos en existencia."

Lourdes sonrió y le subió las gafas en el puente de su nariz. "Usted no tiene estos, señora. Se lo aseguro. Son algunos de mis primeros trabajos y manuscritos que los editores rechazaron para su publicación."

"Es difícil de creer que cualquier editor rechazaría su trabajo, señor", dijo Fiona mientras estudiaba una de las coloridas portadas.

Uno de los títulos de Lourdes había sido elegido por un productor y estaba en los teatros ganando millones con una gran estrella como protagonista. Fiona no tenía ni idea de por qué le interesaría tener su trabajo en una pequeña tienda como la suya.

"Es muy amable de su parte, señora, pero todos empezamos en algún lugar, y algunos de mis primeros trabajos no eran muy deseables." Le entregó otro libro. "Le aseguro que he editado y reescrito todo esto para que esté a la altura de lo que el público espera de mí ahora."

"Estoy segura de que son increíbles", dijo Fiona mientras servía una taza de café. "Estaría encantada de tenerlos aquí. Si encuentran un asiento, iré atrás y conseguiré los acuerdos de consignación. Trabajo en una consignación estándar de sesenta y cuarenta dividida del precio que usted elija."

Lourdes tomó la copa de la mano de Fiona. "Eso es más que agradable", dijo, y luego se volvió y caminó hacia una mesa vacía cerca de la pared que separaba el café de los estantes.

Fiona se reunió con un cliente, luego fue a su oficina para los acuerdos de consignación. No podía creer su suerte. No tenía ni idea de que Marco Lourdes tuviera una casa en la zona. ¿Cómo se le pasó eso por alto? Sabía que Lourdes tenía una casa en el Distrito de Jardines de Nueva Orleans, pero nunca había leído nada sobre que tenía otra cerca de St. Elizabeth. Fiona había vivido aquí toda su vida. Seguramente sabría si un autor famoso como Marco Lourdes tuviera una casa por aquí.

Cuando volvió de la oficina, encontró a dos mujeres que no habían dejado de reconocer al autor, sentadas con él en la mesita mientras les firmaba libros. Las hermanas mayores, Bernice y Lucille Watson, eran dos de las mejores clientes de Fiona y gastaban una buena parte de sus cheques de la Seguridad Social en su tienda cada mes en libros. Llevaban amplias sonrisas en sus rostros rojizos.

"Hola, chicas", dijo Fiona cuando llegó a la mesa.

"¿Puedes creerlo, Fiona?" brotó Bernice mientras se rizaba un mechón de pelo, más rojo que el natural por una botella de Miss Clairol Flame 33, alrededor de su dedo de forma coqueta. "Marcus Lourdes aquí mismo en su pequeña librería en nuestra Santa Isabel."

" Quedé tan sorprendida como tú, Bernice", dijo Fiona con una sonrisa al autor sonriente.

"Si nos disculpan ahora," dijo Lourdes y se puso de pie, "Madam DuBois y yo estábamos a punto de hacer un negocio."

Las dos viejas admiradoras fruncieron el ceño ante su despido.

"Tal vez", añadió Lourdes, "las dos serían mis invitadas personales aquí cuando haga una firma de libros en unas semanas para promocionar mi nueva oferta a la comunidad literaria".

"¿Estás escribiendo otro libro?" Lucille jadeó. "¿Sobre qué?", preguntó. "¿Más vampiros y brujas?"

Lourdes sonrió. "Mi editor dice que tendría que matarte si te lo dijera."

Se rieron como niñas, y sus rostros se iluminaron cuando Lourdes rodeó con sus brazos la cintura de las hermanas y comenzó a llevarlas hacia la puerta. Cogió dos libros de la pila del mostrador, los firmó y se los entregó a las mujeres junto con los que tenían en sus manos. "Tal vez ustedes también disfruten de estos."

Es astuto, pensó Fiona. *Tal vez debería tener cuidado con éste.* Volvió al mostrador, se sirvió una taza de café y sirvió refrescos para algunos de los adolescentes que habían venido a hacer sus tareas y a usar el WiFi gratuito del edificio.

"Lamento nuestra interrupción", dijo Lourdes mientras se volvía a sentar en la silla, "pero debo atender a mis admiradores".

"Y yo a mis clientes". Ella se levantó y vio a una mujer con un montón de novelas románticas.

"Tu negocio es bueno", dijo cuando Fiona regresó, y bebió su café.

"Los niños no están en la escuela", dijo, asintiendo a una mesa de adolescentes risueños, "y los cheques de la Seguridad Social cayeron hace unos días". Fiona sorbió su café y miró las mesas. "Creía que vivía en Nueva Orleans, Sr. Lourdes. He vivido aquí toda mi vida y nunca supe que tenía un hogar cerca de St. Elizabeth."

Sonrió. "He hecho mi hogar en Nueva Orleans desde hace mucho tiempo, pero Santa Isabel siempre ha sido el hogar de mi corazón. Crecí aquí". Sonrió mientras se pasaba una mano bien cuidada por su pelo blanco bien peinado. "Hace mucho tiempo, por supuesto."

"Puedo identificarme con eso". Ella respondió a su sonrisa y bebió su café. "El colegio y la universidad se alejan cada día más en el pasado."

"¿Tienes esposo e hijos?", preguntó el autor.

"No", dijo con un largo suspiro. "Estoy divorciada y nunca fui bendecida con hijos. ¿Y tú?"

"Lamentablemente, no. Tuve una esposa cuando era muy joven,

pero murió con el nacimiento de nuestro único hijo. Nunca me volví a casar y no tuve otros hijos." Se encogió de hombros. "Como tú, estoy solo en el mundo."

Fiona recordó haber leído eso en algún lugar y se sintió mal por haberlo sacado a relucir. "Lo siento mucho", dijo en tono de disculpa.

Lourdes se encogió de hombros. "Pensé que era de conocimiento común desde la entrevista del New York Times del año pasado." Él extendió la mano a través de la mesa y le dio una palmadita en la mano. "Hablaba en serio cuando le dije a las señoras antes sobre una firma de libros aquí."

"¿En serio?" Fiona casi se atragantó con su café.

"Por supuesto", dijo mientras miraba a la gente salir de la tienda. "Tienes una mezcla muy ecléctica aquí, y he podido ver la gente compra algo más que café y pasteles."

Fiona levantó la vista para ver a Charlie y sus amigos acercándose al mostrador. "Eso es lo que hago", dijo mientras estaba de pie, "eso es lo que hago".

"Espero que no planees darle propina a esta mujer, Charlie", dijo Earl y miró a Fiona. "Ha estado sentada sobre su trasero todo este tiempo con ese viejo y ni siquiera vino a rellenar nuestras copas una vez. Ese no es el tipo de servicio por el que dejo propinas".

"Nos servimos solos aquí en la casa de Fiona", dijo Rex en su defensa y le hizo un guiño.

"Bueno, ella no se meterá más en mis asuntos", dijo Earl con un gruñido.

"Dudo que se lo pierda", Rex respondió con una sonrisa en su cara quemada por el sol mientras le guiñaba el ojo a Fiona otra vez.

Tienes razón, Rex. No tengo tiempo para hombres que me ponen las manos encima sin mi permiso, y ni siquiera están comprando. Charlie sí.

"Nos vemos mañana, Fiona", dijo Charlie y se fue con sus amigos.

Ella volvió a la mesa y rellenó las tazas. El reloj digital de su caja registradora marcaba las 8:45, y la tienda estaba vacía excepto para ella y Lourdes.

"¿A qué hora cierras?" preguntó.

"A las nueve".

Lourdes se puso de pie, le entregó a Fiona los papeles que había firmado y se enderezó la chaqueta de pana.

¿Quién demonios usa pana en el sur de Luisiana en verano? Fiona sonrió. El era tan ecléctico como todos los demás.

"Supongo que será mejor que me vaya", dijo y ofreció su mano de nuevo. "Estoy deseando trabajar con usted, Madam DuBois."

"Madam DuBois" la hizo parecer una anciana. Su padre habría dicho que la hacía parecer una chica de burdel en la vieja Nueva Orleans, y él lo sabría.

Fiona tomó la mano del hombre y se preguntó si el aire acondicionado estaba demasiado bajo. Su mano aún estaba fría, pero ella estaba cómoda con su camiseta de tirantes y sus vaqueros. Tal vez sufría de mala circulación o tenía problemas de corazón de algún tipo.

"Haré que mi publicista se ponga en contacto con usted para establecer los detalles de la firma", dijo Lourdes, "y que mi editor haga los arreglos para un envío de libros adicionales para su inventario". Asintió con la cabeza a la pila de libros del mostrador. "Te traeré unas cuantas cajas más de esos, también."

¿Un publicista y una reserva extra? Esto podría ser genial para la tienda. Los autores locales usualmente proveen sus propios libros en las firmas. Normalmente ponía un anuncio en el periódico local y ponía un póster en la ventana que había impreso por su cuenta.

"Eso suena genial, Sr. Lourdes", dijo Fiona mientras lo acompañaba a la puerta. "No sé qué decir sobre la publicidad y el inventario extra para la tienda."

"Es para lo que les pago", dijo el autor mientras abría la puerta.

Fiona lo vio caminar hacia la oscuridad y se preguntó dónde había estacionado su auto. No vio ninguno en el pequeño lote de grava, pero la tienda estaba llena cuando él llegó. Tal vez había estacionado en el callejón o en la calle.

"¿Qué voy a hacer con respecto al estacionamiento de esta cosa?" murmuró para sí misma mientras limpiaba los platos de las mesas.

"Supongo que puedo llamar al Padre Jim en St. Agnes y preguntarle si estaría bien usar el terreno de la iglesia por el día, siempre y cuando la cosa sea un sábado y termine antes de las seis cuando él celebre la misa."

Fiona llevó tazas y platillos al fregadero, los enjuagó y los apiló en el pequeño lavaplatos de la encimera. Era pequeño, pero cumplía con los requisitos del departamento de salud y evitaba que las manos de Fiona se agrietaran.

Pasó la siguiente hora haciendo una lista de cosas que necesitaba hacer para prepararse para una firma de libros con un autor mundialmente famoso en su pequeña tienda. Su cabeza giró mientras la lista se hacía cada vez más larga.

Lourdes escribía horror gótico. ¿Debería decorar la tienda como si fuera Halloween con brujas de cara verde, fantasmas hechos con sábanas y vampiros recelosos? ¿Debería usar un disfraz? Fiona sacudió su cabeza que daba vueltas.

Tal vez había mordido más de lo que podía masticar con esto. Bostezó y dejó el cuaderno a un lado. Si esto iba a ser tan grande como ella esperaba, mejor que pusiera un cartel de " se necesita ayuda" en la ventana. Esta multitud esta noche era casi más de lo que podía manejar sola.

Fiona miró fijamente su envejecimiento reflejado en el cristal mientras cerraba la puerta. Se estaba haciendo vieja. Apagó las luces y subió las escaleras para darse una larga ducha caliente y una muy necesaria copa de vino frío antes de irse a la cama.

Se quitó los zapatos y abrió la ducha. Sintió una extraña picazón detrás de sus ojos. Algo - o alguien - estaba tratando de entrar. Fiona cerró los ojos y levantó sus pupilas como la tía Ruby le había enseñado hace mucho tiempo.

Después de la muerte de Annette, Ruby DuBois se encargó de educar a la niña en lo básico, en contra de las vociferantes protestas del padre de Fiona. Le había enseñado a Fiona cómo controlar su temperamento volátil y le había explicado la razón de ello.

"Eres una fuerte empática, Fiona. ¿Sabes lo que eso significa?", le preguntaron su tía y el líder del Consejo de los DuBois a la chica de 16 años.

Fiona había sacudido la cabeza.

"Significa que sientes las cosas más profundamente que la gente normal. Tus sentimientos se hieren más fácilmente que la persona promedio. ¿Lloras durante las escenas de amor en las películas o cuando alguien muere?"

"¿No lo hace todo el mundo?"

Ruby había sonreído. "Sabes que no lo hacen".

"Mamá siempre lo hizo".

"Tu madre era una de las más fuertes empáticas que he conocido", dijo Ruby. "Por eso era tan buena enfermera".

"Eso no evitó que tuviera cáncer".

La cara de Ruby se había oscurecido. "No, no lo hizo, pero si tu padre nos hubiera permitido entrenarte, tal vez..."

" ¿Tal vez qué?"

Ruby había sonreído y tomado la mano de Fiona. "Ahora es agua pasada, querida. Lee los libros que te di y haz los ejercicios."

"Lo siento, tía Ruby, pero no puedo. Papá las quemó cuando las encontró".

"Lo siento mucho, niña", había dicho Ruby con los ojos azules abiertos. "¿Te hizo daño cuando los encontró?"

"Nada grave", Fiona había mentido. Arthur Carlisle la había atado con su cinturón y se puso de pie sobre ella mientras se arrodillaba en el duro suelo y recitaba Ave Marías hasta casi medianoche.

"Eres una terrible mentirosa, Fiona."

Fiona había sonreído. "No, sólo eres una buena empática".

Sus sesiones de entrenamiento habían terminado ese día. Fiona había hecho los ejercicios mentales y practicado manteniendo su temperamento en control con la meditación, pero ella y Ruby ya no se habían reunido más para el entrenamiento. De adulta, Fiona se había unido a la familia socialmente, pero no tenía el entrenamiento para unirse a un círculo como parte del Consejo DuBois.

CAPÍTULO TRES

El primer domingo del mes significaba el desayuno en casa de la tía Ruby.

Fiona llegó a la casa de la plantación de ladrillos rojos poco después de las 8. Llevaba una falda gris con ojales y encaje del mismo tono, y su pelo rojo estaba sujetado con antiguas peinetas de latón que habían sido de su madre.

"Tía Fiona, tía Fiona", Benny de doce años, nieto de Ruby, gritó cuando la encontró en la puerta para tomar la caja de pasteles de la mano. "¿Qué nos has traído hoy?"

"No te preocupes, amigo", dijo Fiona, "No olvidé tu pastelito de frambuesa favorito".

"Eres la mejor, tía Fiona", dijo Benny y la abrazó con el cordel de la caja agarrado con fuerza en su mano. Benny DuBois era en realidad primo de Fiona algunas veces, pero por respeto a sus mayores, la llamaba tía Fiona, como Fiona siempre había llamado a Ruby su tía Ruby, aunque también eran primos. Ella había intentado resolver la maraña de su ascendencia DuBois una vez, pero se había rendido después de unas pocas generaciones, deseando que su madre todavía estuviera cerca para explicarle las cosas.

Benny corrió a la mesa del patio junto a la piscina reluciente donde el resto de la familia se sentó con tazas de café o vasos de leche o jugo. Ruby se sentó en la cabecera de la mesa, con sus rizos blancos recortados cerca de su cabeza. En el otro extremo de la mesa, una silla estaba vacía, o eso parecía para la mayoría, pero Fiona sabía que su tío Ben se sentaba allí con su familia, disfrutando de su compañía mientras esperaba que Ruby pasara y se uniera a él en el más allá.

La mayoría de las mujeres de DuBois y muchos de los hombres tenían la habilidad de ver y comunicarse con los muertos. Su prima Kelly tenía el don en abundancia y lo había usado para propulsarse a la fama nacional con su programa de televisión Southern Sightings. Ella y dos de sus amigas viajaron a lugares encantados de los estados del sur para investigar la actividad paranormal. El programa había empezado en una pequeña emisora local pero pronto encontró seguidores a nivel nacional y se sindicó. Ahora estaba en su cuarta temporada y no mostraba signos de desaceleración.

"¿Cómo van las cosas con el programa, Kelly?" Fiona preguntó.

La rubia pasó una mano sobre su vientre hinchado y suspiró. "He pospuesto cualquier otro viaje hasta que éste llegue. Puse mi pie a través de una tabla podrida en un sanatorio abandonado la semana pasada en Mississippi, y mi dulce marido recibió una vaca. Me dijo que estaba castigada por la caza de fantasmas hasta después de la llegada de esta pequeña".

"No puedo decir que lo culpo por eso", dijo Fiona mientras sacaba un panecillo de la caja. "¿Dónde están tus hombres grandes y guapos hoy?" preguntó a Kelly y a su prima Julia, la alta sacerdotisa del Consejo de Brujas de DuBois, que se sentó al lado de Ruby, su madre.

"Un gran accidente en la I-10", dijo Julia, y llamaron a todos los servicios de demolición."

"Y todos los policías", dijo Kelly. Su marido, Dylan, era un oficial en St. Martinsville.

"¿Y qué te ha hecho poner esa cara tan larga?" Fiona le preguntó a

Melanie, la hermana de catorce años de Benny. "Parece que has perdido a tu mejor amigo".

"Perdió su teléfono", dijo Benny con una sonrisa en su cara pecosa.

"Estoy esperando un mensaje importante", lloriqueó Melanie. "Necesito mi teléfono".

" Yo iba a tomarlo de todos modos", dijo Ruby, "si no dejaba de subir la cuenta con todos sus mensajes de texto y juegos". "El abuelo dice que ella necesita conseguir un trabajo", dijo Benny con una mirada a la silla de su abuelo.

Fiona pudo ver la cara sonriente del hombre de setenta años en la silla. Él le guiñó un ojo a Fiona, y ella le devolvió la sonrisa.

"Como si alguien en este pueblo fuera a contratar a una chica de catorce años", dijo Melanie y sacó un pastelito.

Fiona sonrió. "Eso nunca se sabe".

El sonido de un bebé aullando vino de la casa. "Suena como si tuviera hambre otra vez", dijo Julia mientras ofrecía bocados de panecillos a sus gemelos de dos años en sillas altas a su lado.

"Yo iré", dijo Fiona y se puso de pie. "¿Está en el estudio?"

"Te refieres a la guardería", dijo Benny. "Así es como lo llamamos ahora".

Julia buscó en la caja otro panecillo. "Aunque creo que vamos a necesitar una habitación más grande", dijo la pequeña pelirroja con una sonrisa pícara.

La boca de Ruby se abrió. "¿Y tú? ¿Ya?"

"Oriné en la varita mágica de plástico esta mañana", dijo, sosteniendo un pulgar, "y recibí una señal de la diosa. Vas a ser abuela de nuevo en unos seis meses".

Fiona sonrió a las jóvenes madres al otro lado de la mesa. "Sé que Ruby les explicó lo que causa esa hinchazón de sus nalgas de esa manera."

"Sí", dijo Kelly con un panecillo en la mano, "estos panecillos de zanahoria con este glaseado de crema de mantequilla que no podemos resistir".

El bebé lloró otra vez. Fiona se dio vuelta y caminó hacia la casa. En la habitación con una cuna, un bolígrafo de juguete y una estantería llena de pañales de plástico, encontró a Dustin pateando sus piernitas y aullando.

"Uf", dijo Fiona, arrugando su nariz, "No creo que estés aullando porque tengas hambre, lobito".

Con el sonido de una voz femenina, el bebé se calmó. Fiona agarró un pañal del estante y las toallitas del contenedor. Mientras doblaba el pañal desordenado para tirarlo al cubo de la basura, algo repicó en la cuna. Fiona apartó la colcha y encontró un teléfono móvil en un estuche de color rosa brillante. La cara sonriente de Melanie llenó la pantalla. Lo deslizó en su bolsillo.

"¿Estás listo para salir y unirte al resto de la fiesta, jovencito?" Fiona le quitó el pijama antes de agarrar al bebé y llevárselo a su madre.

"Lo cambié", dijo, y le entregó el bebé inquieto a Julia.

"Gracias, tía Fi", dijo Julia y tomó al bebé en sus brazos. Abrió su blusa y lo puso en su pecho para amamantarlo.

Fiona se rio. "El pequeño lobo tiene hambre".

Julia puso sus grandes ojos verdes en blanco. "Por favor, no dejes que su padre te oiga llamarlo así."

"Todavía está un poco sensible a la maldición de Althea, ¿verdad?" Fiona preguntó con una sonrisa.

"Todos lo somos", dijo Ruby con un largo suspiro. "Esa mujer Rubidoux le costó demasiado a esta familia". Miró hacia abajo de la mesa al espectro de su marido perdido.

"Lo siento, tía Ruby. No quise abrir ninguna herida".

"Está bien, querida", dijo la anciana. "¿Cómo va el negocio en la tienda?"

"Bastante bueno, en realidad", dijo, y sirvió una taza de café fresco de la cafetera en la mesa. "Quería preguntarte sobre algo".

"¿Sobre qué?" Ruby preguntó mientras vaciaba lo que quedaba de café en su taza. "¿Llevarás esto a la cocina y lo rellenarás para nosotros, Mel?" Ruby empujó la jarra vacía hacia su nieta.

"Claro, abuela", dijo la adolescente rubia y salvaje mientras se ponía de pie.

"Oh, toma", dijo Fiona y le entregó a Melanie el teléfono que había encontrado en la cuna. "Creo que Dustin ya ha terminado de usarlo".

"¿Dustin?" dijo la chica con su cara bonita retorcida por la confusión. "Oh", añadió con un suspiro de alivio al tomar el rectángulo rosa de la mano de Fiona, "Debo haberlo olvidado en la cuna cuando lo bajé antes". Melanie estudió el teléfono, cogió la cafetera vacía sin apartar la vista de la pantalla y se dirigió a la casa.

"Esa niña va a arruinar sus ojos mirando esa cosa todo el día", refunfuñó Ruby antes de volverse hacia Fiona. "¿Dijiste que tenías una pregunta?"

"Sí", dijo Fiona. "¿Sabías que Marco Lourdes tiene una casa en algún lugar alrededor de Santa Isabel?"

"¿Lourdes?" Ruby dijo. "El nombre me suena familiar, pero no sé por qué".

"Porque", dijo Benny, "escribió esa película The Reckoning que todo el mundo quiere ver".

"No sé de todo el mundo", dijo Kelly.

"Bueno, yo sí", dijo Benny mientras mostraba sus dientes y silbaba. "Se trata de los vampiros en Nueva Orleans."

"Oh, Dios mío. ¿No lo ha hecho ya esa mujer Rice?" dijo Ruby antes de dirigirse a Kelly. "¿Puedes ir a mi oficina y buscar los diarios de la familia? Creo que recuerdo haber visto una mención de la familia Lourdes en uno de los anteriores mientras investigábamos a la bruja Clairvoux para nuestro libro".

Ruby y Kelly habían escrito un libro sobre Angelique Clairvoux, una mulata, bruja vudú, que había sido asesinada por los esclavistas antes de la Guerra Civil en St. Martinsville. La leyenda decía que la chica había lanzado una maldición sobre la zona, quitando la vida a varios hombres. Fiona presentó La leyenda de la bruja del pantano en su tienda, y se vendió bien alrededor de Halloween cada año cuando el pueblo de St. Martinsville celebró un festival en honor de la chica muerta.

Melanie regresó con la cafetera fresca y llenó la taza de todos. Kelly volvió con un montón de diarios encuadernados en cuero y los puso delante de Ruby, que comenzó a revisarlos minuciosamente.

"Eres bastante buena en eso, niña", dijo Fiona cuando Melanie llenó su taza. "¿Te gustaría tener un trabajo para el verano?"

Los ojos de Melanie se abrieron de par en par durante un minuto, y luego se estrecharon. "¿Qué tipo de trabajo?"

"He estado muy ocupada en la tienda", dijo Fiona, "y tengo una gran firma de libros en un par de semanas. Voy a necesitar algo de ayuda, y preferiría no contratar a un extraño".

"No lo sé", dijo Melanie en un tono tímido, "¿cuántas pagas y que tendría que hacer?"

"No esperes que ella lave los platos", advirtió Benny. "Mel odia lavar los platos y siempre se sale con la suya." Le sacó la lengua a su hermana y ella le tiró un pedazo de panecillo.

"Es una cafetería", dijo Fiona, "y ofrecemos pasteles, sándwiches y ensaladas, así que habrá platos involucrados, pero" añadió cuando vio la cara de Melanie oscurecerse, "tengo un lavavajillas".

"Nosotros tenemos un lavavajillas", dijo Benny con una sonrisa, "pero aun así no le gusta lavar los platos".

"En cuanto a la paga", dijo Fiona, ignorando los comentarios de Benny a su hermana, "es sólo el salario mínimo más las propinas que recibes en el café".

"¿Propinas?" Melanie dijo con una sonrisa.

"Tendrías que ser amable y sonreír para ganar propinas", dijo Benny. "Así que yo no contaría con nada de eso si fuera tú, Mel."

Melanie le lanzó el panecillo entero a su hermano.

"¡Ya basta, ustedes dos!" Ruby les habló a sus nietos. " Entren a la casa y limpien sus habitaciones si no pueden sentarse a la mesa y ser seres humanos civiles."

"Sí, señora", dijo Melanie y bebió su vaso de jugo. Se quedó en silencio durante un minuto antes de volverse hacia Fiona. "El abuelo dice que debería agradecerte la oferta de trabajo, tía Fiona, y aceptarla." Miró a su abuela. "Así que, gracias, ¿y cuándo quiere que empiece?"

Fiona sonrió con una mirada a Ruby. "Si a tu abuela le parece bien, puedes venir conmigo hoy y empezar esta tarde."

Abría la tienda todos los días, pero no hasta la una de los domingos, y cerraba a las siete en vez de a las nueve. Aunque Santa Isabel tenía una historia mágica, había suficientes familias no mágicas viviendo en la zona ahora que Fiona abría más tarde por respeto a Santa Inés, el Padre Jim y su congregación católica. Luisiana todavía era parte del cinturón de la Biblia después de todo, y Fiona hizo todo lo posible por respetarlo.

"Sí, por supuesto", dijo Ruby con su nariz cerca de las páginas de uno de los viejos diarios. "Recoge tus cosas y haz lo que tu tía te diga."

Melanie besó la parte superior de la cabeza de su abuela. "Gracias, abuela", dijo antes de salir corriendo a la casa con su hermano.

"No sé qué le pasó a la dulce niña que solía cuidar", dijo Kelly mientras se frotaba la barriga.

Julia resopló. "La adolescencia sucedió", dijo con un suspiro. "Y no estoy deseando que llegue con estos dos". Asintió a sus gemelos que tenían glaseado de crema de mantequilla y panecillos untados en sus caras.

"Lo encontré", gritó Ruby. "Sabía que había visto ese nombre en los registros antiguos".

"¿Y?" Fiona instó a su tía.

"Los Lourdes vinieron al sur con las familias fundadoras originales", dijo Ruby. "Hay una anotación aquí que un Matthias Lourdes perdió a su esposa en el parto y luego se comprometió con Josephine DuBois, pero no puedo encontrar ningún registro de que el matrimonio haya tenido lugar." Revisó algunas de las páginas de pergamino rígido. "Tal vez murió antes del matrimonio. Según esto, Matthias tenía casi sesenta años cuando se comprometió con la chica DuBois, que tenía dieciséis."

"Eww", siseó Melanie mientras caía en una silla con su mochila en una mano y su teléfono en la otra. "Eso sería como casarse con tu abuelo. Qué asco." Miró a la silla de Ben. "Lo siento, abuelo", murmuró

Ruby sonrió, escuchando la voz de su esposo que sólo ella podía oír. "Las cosas eran diferentes en aquel entonces", dijo la anciana. "Era mejor encontrarle un marido a una joven que terminar con una hija soltera con un bebé en su vientre."

"Me alegro de que hayamos evolucionado desde entonces", dijo Melanie.

"Algunos lo han hecho", dijo Fiona, pensando en las charlas que le dio su padre sobre perder el tiempo y quedar embarazada como su propia madre. Él había jurado encontrarle un hombre bueno y decente con quien casarse de entre los miembros de la iglesia, y eso había empujado a Fiona a los brazos del chico malo Elliot en el colegio. "Pero otros no tanto".

"¿Cómo está tu padre, querida?" Ruby preguntó con una palmada en la mano de Fiona.

"El mismo cabrón de siempre", dijo, "pero lo mantienen medicado en casa en su mayor parte".

Ruby sonrió. "Probablemente sea lo mejor".

"Lo mejor para las enfermeras que tienen que soportar sus demandas, amenazas y su boca sucia", Fiona estuvo de acuerdo.

"Cuéntame más sobre este trabajo, tía Fiona", interrumpió Melanie. "¿Por qué decidiste que necesitabas a alguien ahora? Nunca habías tenido a nadie antes."

Fiona se encogió de hombros. "Es este gran evento que se aproxima", dijo. "Sé que no puedo manejarlo sola".

"¿Qué clase de gran evento?" Melanie preguntó.

"Firma de libros con un gran autor".

"¿J.K. Rawlings?" Melanie dijo con entusiasmo. "Me gustaría conocerla".

"No, Marco Lourdes", dijo Fiona y vació su copa.

"¿El tipo que escribió 'The Reckoning'?" jadeó Kelly. "¿Cómo lograste un éxito como ese?"

Fiona se encogió de hombros. "Sólo suerte tonta", dijo. "Vino a la tienda la otra noche, dijo que estaba aquí trabajando en su próximo libro, y me preguntó si podría vender algunos de sus trabajos publicados de forma independiente. Lo siguiente que supe fue que me había apuntado para ser la anfitriona de una firma de libros y tratar con un sarcástico publicista de Nueva York." Fiona respiró profundamente. "Por eso quería hablar con la tía Ruby. Lourdes dijo que era de por aquí y que se alojaba en una vieja casa familiar mientras trabajaba en su manuscrito." Se volvió hacia Ruby. "¿Estás familiarizada con alguna propiedad de Lourdes en la zona?"

Ruby se sentó a pensar por un minuto y luego volvió a hojear los diarios. "El único lugar que puedo pensar que puede ser es ese viejo lugar al este de la ciudad en la cima de la montaña frente al pantano." Ella sonrió. "Ben Jr. y sus amigos solían hacer fiestas allí. Solía bromear que iban a compartir un porro con los Roogie en la mansión embrujada del pantano." Se volvió hacia su hija. "¿Conoces el lugar, Julia?"

Julia sonrió. "Sí, lo conozco. Todos pensaron que estaba embrujado porque no importaba cuántas veces entraran, el lugar siempre se cerraba, se limpiaba y se arreglaba la próxima vez que iban". Se estremeció. "El lugar me daba escalofríos. Sólo fui una vez. ¿Y tú, Kel?"

Kelly sacudió su cabeza de gruesos y rubios rizos. "Nunca he estado allí", dijo ella. "Traté de evitar los lugares que se suponía que estaban embrujados".

Melanie se rio. "Ahora eres famosa por ello".

"Sí", dijo Kelly con un suspiro, "es curioso cómo funcionan las cosas."

Fiona sacó su teléfono y miró la hora. "Será mejor que nos pongamos en marcha, niña. La tienda abre en una hora."

Melanie agarró sus cosas y se dirigió al auto de Fiona. Julia acurrucó a su hijo dormido en su hombro y le dijo "gracias" a su prima mientras Fiona se volvía para seguir a su nueva empleada.

"Gracias, Fiona", escuchó la voz de su tío Ben decir. "Ruby necesita un descanso de la chica, y sé que tú serás más capaz de lidiar con sus estados de ánimo que tu pobre tía".

Ruby había sufrido un derrame cerebral después de la pérdida de su hijo, nuera y amado esposo. La había dejado débil y caminando con un bastón. Fiona estaba feliz de ayudar y sonrió y asintió con la cabeza a la sombría aparición de su tío Ben mientras se sentaba cerca de donde se había desmayado y muerto en el patio y esperaba que su único y verdadero amor se uniera a él.

A Fiona le entristeció que probablemente nunca conociera un amor como ese en su vida.

CAPÍTULO CUATRO

Llamaron a Fiona de Shady Rest a las 6:30 de la mañana una semana después de que Melanie viniera a trabajar con ella. Su padre estaba pasando una mala mañana después de una noche muy mala, dijeron.

Fiona se vistió y dejó a Melanie para vigilar la tienda. La chica había aprendido muy rápido la caja registradora, la cafetera y el lavavajillas después de unos pocos intentos, y era muy buena con los clientes, especialmente con los hombres.

"Sólo me iré por unos minutos, Mel", le dijo Fiona a la chica de ojos abiertos. " Mi papá está atacándolos en el asilo, y quieren que vaya y lo calme."

"¿Está en un asilo?", dijo la chica de catorce años.

"Shady Rest está detrás de Dairy Queen", dijo Fiona mientras contaba lo que había en la caja registradora. Había que dejar cambio para las personas que venían por sus cafés matutinos y se agotaba pronto y no quería que Melanie se quedara corta. "Haré esto tan rápido como pueda, Mel", se disculpó, "pero cuando está de mal humor, vuelve locas a las pobres enfermeras, y no puedo permitirme que lo echen a patadas ahora mismo".

"¿Está enfermo?"

"Demencia y Parkinson", dijo Fiona con un suspiro.

"Ve y cuida de tu padre, tía Fiona", dijo Melanie y abrazó a su tía. "Desearía que el mío siguiera aquí para cuidarlo".

El padre de Melanie, Ben Jr., junto con su madre, fueron asesinados por una bruja de Rubidoux. Había sido un capítulo triste en la larga disputa entre DuBois y Rubidoux.

Fiona abrazó a la chica a cambio y le besó la parte superior de su rubia cabeza. "Sé que sí, cariño". Limpió una lágrima de la mejilla de Melanie. "Sé que sí, y lo haré rápido".

Se giró hacia la mesa donde Charlie se sentó con su compañero Rex. "Vigila a Mel por mí, Charlie", llamó de camino a la puerta. "Tengo que ir a Shady Rest y ver cómo está papá".

"Claro, Fiona", respondió Rex con una sonrisa. "Nos aseguraremos de que no se escape con la Caja."

"Gracias, chicos", dijo Fiona y giró los ojos. Que Melanie le robara era la menor de sus preocupaciones. La chica había sido genial con la caja registradora. Lo que Fiona temía eran los clientes que podrían intentar aprovecharse de la joven si se daban cuenta de que estaba sola en el edificio saliendo sin pagar... o peor. Fiona no quería pensar en el "o peor", pero le preocupaba.

"¿Por qué tuviste que elegir ahora para tener uno de tus ataques, papá?" Fiona murmuró para sí misma mientras aseguraba una caja blanca de pasteles que había preparado para el personal acosado de la instalación y puso su Ford Escape azul brillante en reversa para salir del lote de grava en la mañana nublada. "No tengo tiempo para tus tonterías ahora mismo".

Fiona giró hacia la calle lateral con techo negro junto a la vacía Dairy Queen y se estacionó en un lugar cerca de la entrada de vidrio del Centro de Atención de Adultos Shady Rest adyacente al Hospital de Santa Isabel. Fiona no quería meter a su padre en el centro, pero no tenía otras opciones. Su cuidador había encontrado a Arthur Carlisle de ochenta años en el suelo de su pequeña casa después de que se cayera y se rompiera la cadera. Había estado allí en esa condición desde el día anterior, cuando se tropezó con un mueble en su camino de regreso a la sala de estar desde el baño sin el teléfono celular que Fiona le había dado para emergencias y sin su collar de alerta de emergencia para activar y pedir ayuda.

Fiona no podía cuidarlo y manejar sus negocios. No podía trasladarlo a su apartamento, y no quería trasladar sus cosas a su casa. Shady Rest había sido su única opción. Afortunadamente, sus pagos al Seguro Social y alguna ayuda estatal cubrían la mayor parte de los tres mil dólares mensuales, pero Fiona aún tenía que aportar casi ochocientos dólares para mantener a su padre en el centro.

"Hola a todos", dijo Fiona con una brillante sonrisa mientras colocaba la caja blanca de pasteles en el escritorio, "aquí tienes tu soborno habitual por aguantar al viejo villano". ¿Qué le pasa hoy?"

Gina, la enfermera jefe de la unidad, levantó la vista del libro de bolsillo que tenía en la mano. "Su amiga Margo vino a verlo ayer", dijo, "y parecía estar de buen humor, pero en el turno de anoche dijeron que escupió sus medicinas y armó un gran alboroto, y tuvieron que ponerle restricciones, pero se pone así por aquí en la luna llena".

"Entiendo", dijo Fiona con un suspiro cuando se alejó del escritorio y caminó por el piso de baldosas pulidas hacia la habitación de su padre. "Espero que todos sepan cuánto les agradezco que lo soporten como lo hacen. Sé lo difícil que puede ser cuando está enfadado".

"No se preocupe, Srta. Fiona", dijo Gina mientras recogía los pasteles y salía con un pesado panecillo de zanahoria, "es para lo que nos pagan".

Su padre se sentó atado en una silla de ruedas, con las rodillas desnudas bajo una bata de hospital y una bata de felpa deshilachada. Llevaba calcetines y un par de zapatillas de casa de cuero en los pies. Su mano izquierda temblaba en su regazo mientras miraba la pantalla plana de televisión.

"¿Cómo estás esta mañana, papá?"

Arthur Carlisle giró la cabeza al oír su voz, pero Fiona no vio ningún indicio de reconocimiento en sus ojos azules y llorosos.

"Te dije que no tomaría nada de tu maldito veneno", dijo con sus delgados y secos labios retorcidos en un gruñido.

Fiona recordó ese gruñido en el rostro de su padre, e incluso después de tantos años alejada del dominio que él ejercía sobre su vida, todavía le enviaba un escalofrío por la columna vertebral.

" Soy Fiona, papá", dijo y dio un paso más. La habitación olía a soluciones antisépticas de limpieza, a orina y a viejo.

"¿Fiona?" dijo con los ojos estrechos. "¿Fiona Carlisle o Fiona DuBois?"

Su corazón se agitó con un miedo que recordaba. Él sabía exactamente quién era ella, y se preparó para lo que estaba por venir. Esta era la forma en que ella recordaba que él preparaba las cosas para una acalorada confrontación verbal. En esas confrontaciones en su juventud, generalmente se volvían físicas.

Fiona miró fijamente al frágil anciano atado en la silla de ruedas. Sabía que no se volvería físico hoy, pero las palabras del viejo bastardo podían picar tanto como su cinturón cuando era niña, y Fiona no lo esperaba.

Respiró hondo y siguió adelante. "Los cheques que firmo cada mes para mantenerte en este lugar dicen Fiona DuBois", dijo con una voz fuerte y firme, "así que supongo que soy Fiona DuBois".

Levantó su mano y señaló con un dedo tembloroso a su hija. "Bruja", siseó. "Arderás en el infierno junto con tu madre bruja y todos los DuBois".

Su mención de su difunta madre hizo hervir la sangre de Fiona lentamente. Era uno de sus botones que él sabía que podía apretar. "Mamá se ha ido, papá. Déjala descansar en paz".

"Ves esto", su padre escupió y señaló la habitación. "Hizo esto con una de sus malditas maldiciones de bruja antes de morir." Tosió, aclaró su garganta y escupió algo en el suelo. "Me miró a los ojos, me señaló con el dedo, y dijo que algún día moriría destrozado y solo en una habitación como esta. La perra me maldijo en su lecho de muerte y luego me dejó contigo, otra maldita bruja, para que la criara." Él comenzó a sollozar en el brazo de su túnica.

Fiona ya había visto esta artimaña antes. Él quería algo y estaba usando su pobre y abandonado padre como rutina con ella. "¿Qué necesitas ahora, papá?"

Levantó la cabeza y miró a su hija. "Tal vez sólo necesito una hija que siga los mandamientos y que ame a su padre como se supone que debe hacerlo, en lugar de una que no muestra ningún respeto y lo pone en un lugar horrible como este para ser envenenado hasta la muerte."

"Creo que el mandamiento", dijo Fiona con un suspiro, "dice que honres a tu padre y nada de amor o respeto". Esas cosas se ganan, y tú no las ganaste de ninguna manera, forma o manera que yo recuerde, papá".

Señaló a Fiona con el dedo otra vez. "Tienes raíces oscuras, niña", siseó, "y no lo olvides nunca". Te hice ir a St. Agnes para que las monjas te lo sacaran a golpes. Pero no funcionó, ¿verdad?"

Los nudillos de Fiona palpitaban cuando se mencionó la Escuela de Santa Inés. Pasó doce agotadores años allí bajo la supervisión de las monjas a las que su padre había advertido sobre sus mágicas raíces familiares. Se vio obligada a leer libros y escribir informes sobre la gloriosa Inquisición y la implacable búsqueda del mal en toda Europa en la Edad Media. Cuando alguno de esos informes sonaba un poco negativo en opinión - y la mayoría de ellos lo hacían - Fiona era detenida y obligada a reescribirlos con más positividad.

"Papá, no he venido aquí para debatir tus miserables fallos como padre o esposo", dijo. "La enfermera llamó para decir que estabas molesto y que les dabas lástima otra vez, así que, ¿qué pasa? ¿Qué quieres ahora?"

"Quiero irme a casa", dijo él finalmente. "Margo dijo que vendría y se quedaría conmigo si me dejaban salir de aquí." Miró a Fiona con lágrimas de verdad en sus ojos. "Si me dejaras salir de aquí".

Margo Beaumont, una anciana afroamericana de St. Elizabeth,

había sido la cuidadora de su padre durante dos años antes de su accidente, cocinaba sus comidas, hacía las compras por él y limpiaba la pequeña cabaña de dos habitaciones. Fiona confiaba completamente en la mujer y pensaba que la pobre mujer merecía la santidad por soportar el mal humor y la boca sucia del hombre.

"El doctor dijo que no puede dejarte ir a casa hasta que termines tu terapia física, papá", dijo Fiona y vio cómo se oscurecía la cara del viejo.

"Son torturadores", siseó. "Ese muchacho insufrible disfruta viéndome sufrir. Juro que es un maldito cachorro de Rubidoux".

"¿Como tú?", dijo con una sonrisa pícara. Roseanna Carlisle se había quedado embarazada tras una corta aventura con un chico de Rubidoux en el instituto y produjo a Arthur. Ella y su estricta familia católica lo habían criado en la fe, y cuando se casó con Annette DuBois, se negó a tomar su nombre como era costumbre de los DuBois y le hizo jurar que abandonaría sus mágicas raíces DuBois y criaría a sus hijos en la iglesia.

"Sí, como yo", dijo su padre. "Mi madre no era más que una puta perra que se unió a un Rubidoux, y yo fui el resultado de su pecado." Señaló a Fiona de nuevo, su dedo temblando de rabia y el Parkinson. "Y estás doblemente maldita, chica. Yo soy un Rubidoux, y tu madre fue una maldita DuBois. Todos arderemos en el infierno por la malvada sangre de bruja que llevamos en las venas".

Fiona ya lo había oído antes, y no tenía intención de oír nada más. "Hablaré con Margo y con el doctor, papá", dijo, "pero sé lo que va a decir. No te dará el alta hasta que termines la fisioterapia y puedas cruzar una habitación con un bastón para ir al baño".

"Entonces traigan a ese maldito Torquemada aquí y hagámoslo", gritó, refiriéndose al más famoso maestro de la tortura de la Inquisición.

"Y tienes que tomar tus medicinas, papá", añadió Fiona para mayor medida.

"Están tratando de matarme con ese veneno", gimoteó su padre. "Me da sueño y sé que no me despertaré si lo tomo".

"Estoy segura de que eso es exactamente lo que desean", murmuró Fiona para sí misma. "Es lo que el doctor te ha recetado, papá", dijo más fuerte, "y si no lo tomas, no te dejará ir a casa".

La atención de Arthur se centró en un pájaro en un arbusto fuera de su ventana. "Es un viejo charlatán", dijo finalmente su padre, "y probablemente me quiere muerto también".

"Lo dudo, papá", dijo Fiona mientras enderezaba la bata del viejo. "¿Cómo pagaría por esa gran casa que construyó en el pantano si matara a todos los clientes que pagan?"

Arthur Carlisle agarró la muñeca de su hija. "¿Le hablarás de sacarme de este lugar? Margo dijo que vendría a quedarse conmigo en tu antigua habitación y a cuidarme".

"Hablaré con los dos, papá. Lo prometo", dijo ella y le arrancó los dedos del brazo. "Pero tú también tienes que prometerlo. Tienes que prometer ser bueno y hacer lo que las enfermeras te digan, tomar tus medicinas y hacer tu terapia física".

Su padre la miró con desprecio. "Lo haré", dijo de mala gana, "pero mejor que no me mientas, Fiona DuBois".

"Muy bien entonces", dijo ella con una sonrisa antes de besar la parte superior de su cabeza gris. "Tengo que volver al trabajo".

"¿Trabajo?" dijo su padre con la cara torcida por la confusión. "¿No te cuida ese marido tuyo? ¿Por qué trabajas?"

Fiona sacudió la cabeza cuando su padre cayó en uno de sus lapsus de memoria. ¿Realmente había perdido los últimos dos años y no recordaba su separación y su polémico divorcio de Elliot? ¿Había olvidado El Pan de Vida y cómo la había ayudado a construir estantes para los libros, rehacer los pisos y pintar las paredes? Ella sacudió la cabeza. El doctor le dijo que este tipo de demencia podría ser heredi-taria. ¿Era esto algo que ella tenía que esperar? A ella no le importaría olvidar a Elliot.

Pensó en lo que ella y Melanie habían hablado la noche anterior.

"Puedo enseñarte lo que necesitas saber para trabajar en círculo, tía Fiona. Voy a ser la Alta Sacerdotisa algún día".

"¿Es así?" Fiona había dicho con una sonrisa, pensando en las gemelas de Julia.

"Jules y la abuela dicen que soy una fuerte empática y que tengo el potencial para ser una buena sacerdotisa."

"Eso es bueno".

"La abuela dice que tú también eres una fuerte empática, tía Fi. Serás fácil de entrenar."

"No sé nada de eso. Espero que no quieras ver mis transcripciones de St. Agnes".

Los ojos de Melanie se habían abierto mucho. "¿Fuiste a una escuela católica?"

Fiona había asentido. "Claro que sí", había dicho, "pero no lo recomendaría". Esas monjas son unas perras viciosas y sádicas".

"¿En serio?"

"Creo que los hacen tomar clases especiales en esos malditos conventos."

"¿Son mujeres religiosas?"

La mente de Fiona había vuelto a la cara fruncida de la hermana María José. "Creo que algunas personas pueden llevar su religión a un nivel fanático." Le había sonreído al joven. "Estoy seguro de que ha oído hablar de la Inquisición".

"Los que torturaron a las brujas y las echaron de Francia".

Fiona había asentido. "Esos hombres eran sacerdotes, religiosos de la Iglesia Católica, pero disfrutaban torturando y matando a las mujeres."

"Entonces, ¿eran como lobos con piel de oveja?"

Fiona había imaginado a la hermana María José con la cara de un lobo y sonreía. "Exactamente", dijo. "La mayoría de la gente ve a las monjas como dulces y gentiles mujeres de Dios, pero son humanas y tienen las mismas fallas y debilidades que otros humanos".

"El poder corrompe", había dicho Melanie con un suspiro, "y el poder absoluto corrompe absolutamente".

Fiona había arqueado una ceja. La chica era impresionante. Tal vez ella podría enseñarle algo, después de todo.

"¿Cuándo le gustaría empezar mi entrenamiento, señora?" Fiona había preguntado con una sonrisa.

"¿Qué tal esta noche después de que cerremos?"

CAPÍTULO CINCO

Fiona encontró algo más que café en El Pan de la Vida cuando regresó de Shady Rest.

Melanie estaba de pie detrás del mostrador, mirando hacia abajo a tres hombres grandes vestidos con trajes. Largos cabellos negros colgaban de sus espaldas en claro contraste con sus elegantes ropas. El joven rostro de Melanie estaba más pálido de lo normal y sus ojos azules estaban muy abiertos por el miedo.

"¿Qué está pasando aquí?" preguntó Fiona mientras entraba por la puerta.

Los hombres volvieron la cabeza, y Fiona vio a Melanie alejarse del mostrador con alivio a la llegada de su tía. El mayor de los tres se acercó a Fiona. "¿Es usted la señora de Elliot Clegg?", preguntó con una voz profunda para intimidar. "¿Señora Fiona Clegg?"

Fiona miró al hombre confundida. "Estuve casada con Elliot Clegg", admitió, "pero nunca me llamé así". Soy Fiona DuBois, la dueña de esta tienda. ¿De qué se trata todo esto, y por qué está aquí asustando a mi empleada?" Fiona se acercó al hombre y puso su bolso en el mostrador.

"Soy Héctor Oso que Gruñe", dijo el hombre y asintió con la

cabeza a los dos tipos duros que estaban con él, "y estos son mis socios". Trabajamos para el Servicio de Recuperación de Cartera de Native Properties y estamos aquí para hablarles del contrato que usted y su marido firmaron con Native River Casinos Incorporated".

"No sé de qué estás hablando", respondió Fiona mientras buscaba el nombre en su memoria. "Nunca he oído hablar de Native River Casinos Incorporated, y nunca he firmado ningún tipo de contrato con ellos, especialmente no uno con Elliot Clegg como co-firmante. Elliot y yo hemos estado separados y divorciados desde hace más de dos años".

"¿Nunca has estado en el Casino de Belle Isle?" preguntó con un tono incrédulo.

"He oído hablar de él", dijo Fiona, "pero nunca he estado allí. Este lugar me mantiene bastante ocupada".

El hombre de piel oscura miró a las mesas vacías y sonrió. "Ya lo veo".

"Había mucha gente cuando llegaron, tía Fiona", dijo Melanie por detrás con voz temblorosa, "pero le dijeron a todo el mundo que se fuera".

Fiona estudió las mesas de nuevo y vio tazas medio llenas de café y platos con comida a medio comer. "¿Echaste a mis clientes?" preguntó Fiona en tono demandante.

"Tenemos asuntos que discutir", dijo Héctor con los ojos entrecerrados, "y no queríamos ninguna interrupción".

"Salgan de mi tienda", dijo Fiona a los hombres. "No tenemos nada que discutir. Nunca he hecho negocios con ningún casino".

"No estoy de acuerdo, señora Clegg", dijo y se metió la mano en el bolsillo. Sacó un papel doblado y se lo dio a Fiona. "Creo que encontrará su firma junto con la de su esposo al final."

Fiona desplegó la fotocopia de tamaño legal de un contrato y la estudió. Tanto su nombre como el de Elliot aparecían en ella. Escaneó la página y se quedó sin aliento cuando vio la cantidad de ciento veinticinco mil dólares. Alguien había firmado con su nombre al final de la página, pero no era su firma, y Fiona exhaló.

Le devolvió el papel a Héctor. "Esa no es mi firma", dijo con confianza. "No sé quién firmó ese contrato, aunque podría adivinarlo, pero no fui yo. Fiona DuBois siempre ha sido mi nombre legal. Nunca he usado Clegg". Ella miró al hombre frunciendo el ceño "Puedes preguntarle a cualquiera en Santa Isabel. Siempre he sido Fiona DuBois, nunca Fiona Clegg para fines legales".

"Necesitamos ayuda en El Pan de la Vida", Fiona oyó decir a Melanie desde atrás y se giró para ver a la chica con el teléfono en la mano.

Uno de los matones se acercó a la chica con el ceño fruncido, pero Héctor lo detuvo con un movimiento de su mano. "Nos vamos ahora, señora Clegg", dijo con énfasis en el nombre, "pero esto está lejos de terminar". Native Portfolio Recovery pondrá un embargo sobre éste", agitó la mano y sonrió, "negocios mientras intentamos recuperar su deuda". No podrás usarlo para asegurar la financiación o intentar venderlo hasta que ese embargo se haya levantado después del pago de su deuda".

Fiona escuchó el sonido de una sirena de policía acercándose. Héctor también lo oyó. Dejó caer la copia del contrato, hizo un gesto a sus matones y se fueron del edificio. Ella se dio vuelta, y Melanie corrió alrededor del mostrador y en sus brazos. La chica perdió el control que había mantenido sobre su miedo y rompió en sollozos desgarradores.

Así es como Charlie y Rex los encontraron cuando atravesaron las puertas unos minutos después con sus armas desenfundadas. "¿Qué pasó, Fi?" Charlie preguntó. "¿Te robaron?"

Rex se inclinó y recogió el papel que Héctor había dejado en el suelo. Silbó. "¿Tú y Elliot se mezclaron con Native Recovery?" Sacudió la cabeza. "Esos tipos son malas noticias. Juegan sucio".

"Así que lo noté", dijo Fiona mientras sostenía a su sobrina sollozante. "Los bastardos echaron a mis clientes del edificio y asustaron a la pobre Melanie prácticamente hasta la muerte."

"¿Le pusieron las manos encima?" Charlie preguntó con la cara enrojecida. "Si tocan a alguno de ustedes, yo..."

"No nos tocaron", dijo Fiona. "Sólo se quedaron ahí parados con aspecto amenazador e hicieron amenazas si no pagaba".

Charlie le quitó el papel a Rex. "¿Por qué demonios firmarías un contrato para sacar a ese hijo de puta de Elliot de sus deudas de juego, Fi?"

Fiona frunció el ceño. "Sí, esa no parece que fuera yo, ¿verdad? Esa no es mi firma en ese maldito papel, Charlie. Probablemente sea la de su puta rubia."

Melanie levantó la cabeza con una sonrisa avergonzada ante la vulgaridad de Fiona. "Cielos, tía Fiona, no sabía que conocías esa palabra".

Fiona sonrió. "Es una palabra antigua, Mel, y soy una vieja", dijo con una voz suave. "¿Por qué no subes y te das una ducha caliente mientras hablo con Charlie y Rex, cariño? Te hará sentir mejor". Besó la frente de la chica y la envió hacia las escaleras.

" ¿Ella va a estar bien?" preguntó Rex mientras miraba a la chica irse.

"Estoy seguro de que estará bien", dijo Fiona, "pero aun así me gustaría patear a ese imbécil por asustar a la pobre chica así con sus amenazas y sus grandes matones".

"Si no te importa traernos un café", dijo Charlie y tomó la mano temblorosa de Fiona, "haremos un informe".

Una hora más tarde, Melanie se reunió con ellos y dio a los oficiales su relato de cómo los tres hombres habían irrumpido en la tienda, ordenó a todos que salieran justo antes del regreso de Fiona y exigió a su tía que pagara la cuenta de Elliot en el casino. También les contó cómo el joven matón había empujado a Fiona cuando llegó a Melanie después de escuchar su llamada al 911.

"Fuiste muy valiente, Melanie", le dijo Charlie, y Fiona sonrió ante el orgulloso brillo que le dio a la chica.

Sus mejillas estaban rosadas. "Gracias, Charlie", respondió Melanie y apretó la mano de Fiona. "Ya me siento mejor".

La llegada del vehículo policial a El Pan de la Vida había atraído la atención, y algunas de las personas que habían sido echadas por

Héctor y sus matones volvieron para añadir sus historias a la de Melanie.

"Sabía que esos tres indios no estaban haciendo nada bueno", dijo Bernice Watson. "Acabábamos de tomar el café cuando entraron y nos dijeron a Lucille y a mí que nos fuéramos". Bajó la voz e inclinó su cabeza roja para hablar con Rex de manera confidencial. "Estoy segura de que tenían armas en fundas bajo sus chaquetas".

"¿Y dejaste a esa niña a solas con ellos sin llamar para informar a las autoridades?" preguntó el oficial mayor en tono acusador.

"Pensamos que podrían ser agentes federales o algo así", dijo Lucille en defensa de su hermana. "Llevaban bonitos trajes y botas pulidas". Se volvió para mirar a Melanie, que estaba en el mostrador, riéndose con sus amigos. "A mí me parece que está bien".

"Gracias al Señor", dijo Rex y se persignó, "pero no a ustedes dos".

" Perdone", dijo Bernice indignada.

"Hombres que no sabían de los que sospechaban que llevaban armas de fuego ocultas entraron en un negocio donde trabajaba una niña de catorce años," Rex les dijo a las mujeres, "les ordenan salir del edificio, dejando a la niña a solas con ellos, ¿y ninguno de ustedes se molesta en denunciarlo a las autoridades?" Rex se puso de pie y recogió su taza vacía. "Ustedes dos deberían estar avergonzados de ustedes mismos."

Lucille se puso de pie, también, y miró al diputado. "Vamos, hermana", le dijo a Bernice, "salgamos de aquí". Es obvio que nuestras declaraciones no son necesarias ni apreciadas aquí."

Charlie se inclinó para susurrar al oído de Fiona. "Estoy seguro de que se les apreciará mucho más en el Bar y Grill de Lenny".

Los ojos de Fiona se abrieron mucho. "¿Esos dos pilares de la comunidad pasan el rato en un antro como el de Lenny?"

Charlie resopló. "Veo ese Cadillac de ellas estacionado en el parqueo casi todos los días."

"Oh, Dios", dijo Fiona con una sonrisa mientras veía a las dos hermanas impecablemente vestidas salir de la tienda con la cabeza alta y los hombros derechos.

Charlie cogió un folleto con una foto brillante de Marcus Lourdes y lo estudió. "¿Cómo van los arreglos para tu gran fiesta?"

Fiona puso los ojos en blanco. "He estado tratando con su sarcástico publicista de Nueva York", dijo. "El hombre me llama todos los días al amanecer para hablarme de las cosas más pequeñas". Fiona arqueó su frente roja y se encogió de hombros. "Y normalmente es para decirme que ya las ha hecho".

"Suena como si fuera bueno en su trabajo", dijo Rex con una risa profunda mientras se unía a ellos en el mostrador.

"Estoy segura de que lo es", admitió Fiona y les llenó las tazas de nuevo. "Sólo quisiera que él recordara la diferencia de los husos horarios. Puede que sean las ocho en la ciudad de Nueva York, pero sólo son las siete en St. Elizabeth."

"No te preocupes, Fi", dijo Charlie y le pasó un dedo por la mejilla, "no ha hecho nada que dañe tu sueño de belleza".

Fiona sintió que sus mejillas empezaban a arder de vergüenza, y se sentía como si todos los ojos del edificio estuvieran enfocados en ella. "Gracias, Charlie", dijo y se alejó con la cafetera en la mano, "es muy dulce de tu parte, pero mejor vuelvo al trabajo".

Escuchó el sonido de la radio que llevaba en su cinturón. "Sí, nosotros también", dijo. "Presentaremos este informe, y si esos tipos vuelven, llamaremos a la estación y alguien vendrá a mostrarles la salida de la ciudad."

"Gracias de nuevo, chicos", dijo Fiona mientras los oficiales se iban.

" Él es dulce contigo", dijo Melanie en su oído con una risa de niña. "Creo que quiere besarte".

"Ya lo ha hecho", respondió Fiona con una sonrisa malvada.

"Tía Fiona", dijo la chica con la frente fruncida y el labio rizado de asco. "Eww".

"¿Qué quieres decir con 'eww'?" Fiona la regañó juguetonamente.

"Los besos de los ancianos son asquerosos", respondió la joven de catorce años con la cara todavía distorsionada. "Los viejos como tú y Charlie no deberían hacer ese tipo de cosas. No es natural".

Fiona se rio y le dio una nalgada a la chica vestida con jeans. "Dime eso cuando tengas cincuenta años, niña".

"No quiero besar a ningún viejo cuando tenga cincuenta años", dijo Melanie, "eso es seguro".

Fiona se rio y señaló con el dedo al adolescente. "Recuerda lo que acabas de decir".

La campana de la puerta sonó. "Abuela", llamó Melanie y corrió a los brazos extendidos de Ruby.

"Oímos que hoy tuvieron algunos problemas aquí", dijo Kelly mientras bajaba su pesado cuerpo en una de las cómodas sillas rellenas que Fiona había preparado como área de lectura en la tienda.

Fiona miró a Melanie y a su abuela. " ¿Ella te llamó?"

"Ruby", dijo Kelly con un suspiro y se frotó la barriga hinchada. "¿Por casualidad tienes un té de manzanilla? Este pequeño me está dando ataques esta noche. Juro que su hermana nunca pateó tanto".

"Claro", le dijo Fiona, "te traeré una taza".

Mientras todos se sentaban alrededor de una mesa tomando té, Ruby habló. "Lamento que este disgusto haya sucedido", dijo la mujer mayor con su taza sostenida firmemente en sus manos.

"Entiendo completamente", dijo Fiona con una mirada a Melanie, "si temes por la seguridad de Mel y quieres llevarla a casa ahora".

"No", interrumpió Melanie, "me voy a quedar". Se volvió hacia su abuela con una mirada de desesperación en su joven rostro. "La tía Fiona me necesita aquí para la firma de libros". Le hizo señas a un cartel con la cara sonriente y pálida de Lourdes.

"Por supuesto, te vas a quedar, querida", dijo Ruby, acariciando la mano de su nieta. "Lo que iba a decir era sobre el Círculo del Solsticio de Verano de la próxima semana."

"¿Solsticio de verano?" Fiona dijo confundida.

"Julia y yo", continuó Ruby volviéndose a Fiona, "creemos que es hora de que tomes tu lugar en el Círculo DuBois, Fiona".

La invitación de la ex Alta Sacerdotisa sorprendió a Fiona, y su boca se abrió. Nunca se le había negado la participación en las celebraciones familiares, pero tampoco las había buscado. Su padre lo había prohibido, al igual que Elliot.

"Me temo que soy terriblemente ignorante", dijo, "del funcionamiento de un círculo".

"Puedo contarte todo eso", dijo Melanie con un gesto disimulado de su mano mientras se volvía hacia su abuela. "Voy a empezar a enseñarle a la tía Fiona cómo usar su poder."

"Ya es hora de que alguien lo haga", dijo la mujer mayor antes de volver a Fiona. "¿Eres consciente de las fuerzas de la naturaleza que te rodean y cómo atraerlas hacia ti?" Ruby preguntó.

Fiona asintió. "Mamá me enseñó", dijo con una sonrisa nerviosa, "cuando papá no estaba cerca para escucharla".

La anciana sacudió la cabeza. "Nunca supe lo que tu madre vio en ese horrible niño. Tal vez fue su sangre de Rubidoux lo que la atrajo".

"Esa cosa de chico malo puede ser muy atractiva", dijo Fiona, pensando en Elliot.

"Mel, querida", dijo Ruby, "corre al coche y trae esos libros del asiento trasero".

"Claro, abuela", dijo, tomó las llaves que Kelly le ofreció, y se apresuró a salir al estacionamiento.

"Traje algunos viejos grimorios para que los estudies", dijo Ruby. "Leer sobre los ensayos y errores de otros puede ser muy beneficioso para una bruja novata."

"Estoy deseando leerlos", dijo Fiona con entusiasmo. "Desearía haberlo hecho cuando era más joven."

"Puedes ver y oír al tío Ben, ¿verdad?" preguntó Kelly mientras vaciaba su taza de té.

"Sí", dijo Fiona. "¿No podemos todos?"

Ruby sonrió. "Los dones de DuBois son muy fuertes en ti, Fiona."

Los ojos de Fiona se abrieron mucho. Había oído la voz de su tía en su cabeza.

"¿Puedes proyectar tan bien como recibes?" Ruby preguntó con su voz normal.

¿De qué demonios está hablando?

Kelly comenzó a reírse. "Ella ciertamente puede".

Melanie regresó con una pila de diarios encuadernados en cuero. "Veo que tengo mucho trabajo por delante", dijo riéndose mientras dejaba caer los libros delante de Fiona.

Esa noche, después de cerrar El Pan de la Vida, Fiona y Melanie caminaron por la explanada a lo largo del pantano. El aire estaba lleno de humedad, y la brisa del agua olía a estancado y pesado.

"Sólo extiende la mano y siente la vida que te rodea", le dijo Melanie a su tía mientras caminaban en la tenue luz de la luna. "¿Qué sientes?"

Fiona se concentró. Sintió los pinchazos de la fuerza de la vida expulsados por la miríada de insectos que la rodeaban. Más adelante sintió el corazón latiendo de un pequeño animal en la maleza a lo largo de la orilla del agua, posiblemente un armadillo o un conejo.

Dejó de caminar cuando fue alcanzada por algo más adelante.

"¿Qué pasa, tía Fi?" Melanie preguntó cuándo Fiona se detuvo.

"Dolor", dijo Fiona jadeando. "Algo adelante está sufriendo un dolor terrible".

La chica le tomó la mano y la tiró. "Yo también lo siento. Vamos." Pronto estaban corriendo por la acera. Fiona se concentró en el dolor de la criatura mientras se acercaban a ella. "¿Oyes eso?" Melanie preguntó mientras se detenía a escuchar.

Fiona ladeó la cabeza y también escuchó los lamentables gemidos de un pequeño animal que sufría. Melanie sacó su celular, lo usó como una linterna, y cargó hacia adelante para buscar en la maleza a lo largo del pavimento. "Aquí está", dijo la chica y se arrodilló.

El brillo azul del teléfono reveló la forma temblorosa de un pequeño perro. Sus ojos marrones miraban a Fiona como si le rogara que le ayudara. Podía ver la sangre saliendo de la boca de la criatura. "Creo que ha sido atropellada por un coche".

Fiona se giró para ver la cara de Melanie. Las lágrimas se deslizaron por sus mejillas. "Tiene mucho dolor", sollozó la adolescente.

"Tenemos que ayudarla". Melanie retiró su mano después de que la perrita de pelo rizado gritara de dolor cuando la tocó.

"¿Qué hacemos?" Preguntó Fiona. " Recogerla para llevarla al veterinario podría hacer más daño si tiene lesiones en la columna u otras lesiones internas".

Escuchó a la chica respirar profundo y limpiamente. "Tenemos que ayudarla, Fi", dijo Melanie con repentina autoridad. "Usa tu poder para mirar dentro de ella y ver lo que está roto".

Fiona no tenía ni idea de lo que estaba hablando la chica. ¿Mirar dentro? ¿Cómo se supone que iba a mirar dentro de un perro? No tenía visión de rayos X.

Fiona escuchó a Melanie reírse a su lado. "Pero tú sí, Fi. Usa tu empatía para encontrar sus latidos". Melanie tomó la mano de Fiona y la sostuvo sobre la perrita. "¿Puedes sentirlo?"

"Sí", dijo Fiona asombrada al ver en su cabeza el palpitante corazón de la pequeña criatura y la sangre vivificante que fluía a través de él. "Algo está roto", dijo Fiona, "y la sangre está saliendo a su vientre".

"Arréglalo", le dijo Melanie.

"¿Cómo se supone que voy a arreglarlo?" Fiona preguntó. "No soy un cirujano".

"Sólo concéntrate, tía Fiona", instruyó Melanie. "Encuentra los bordes de la rotura y usa tu poder para unirlos de nuevo". Melanie apretó la parte superior del brazo de Fiona, y Fiona sintió una repentina oleada de fuerza proveniente de la chica. "Puedes hacerlo, tía Fi".

Fiona hizo lo que Melanie le ordenó. Estudió el pequeño desgarro en el tejido de la perra, lo agarró, y con la ayuda de la fuerza de Melanie, tejió la membrana de nuevo hasta que la sangre no se filtrara.

¿Cómo fue esto posible? Si podía operar a un perro al lado de la carretera sin cortar su cuerpo, ¿por qué otras brujas no hacían más para ayudar a la gente? De repente pensó en su madre, que había sido enfermera de cirugía. Los ojos de Fiona se abrieron mucho. Tal vez lo hicieron.

"Creo que sus patas podrían estar quebradas", susurró Melanie. "Tienes que volver a unir los huesos".

Los ojos de Fiona se entrecerraron. "¿Puedo hacer eso?"

"Acabas de recomponer un bazo roto, Fiona." Melanie se rio. "Los huesos deben ser fáciles de manejar. Estoy bloqueando los receptores de dolor en su cerebro", dijo la chica con voz tensa, "pero no sé cuánto tiempo más podré aguantar".

" Entendido", dijo Fiona y siguió el flujo de sangre del corazón del pequeño animal para encontrar los huesos rotos en sus caderas.

Fiona detectó una gran criatura en el borde del pantano. Alargó la mano y tocó la fuerza vital del caimán grande y comenzó a atraerlo hacia ella para aliviar la tensión de Melanie.

Melanie sintió lo que estaba haciendo y le advirtió: "No tomes demasiado o lo matarás, tía Fi". Sólo toma un poco para complementar el tuyo".

Fiona asintió con la cabeza mientras estudiaba la estructura de los huesos de la perra y comenzó a unir su cadera de nuevo. Le llevó casi una hora localizar y reparar todas las heridas del animal, pero cuando terminó, y Melanie liberó su control mental, la perrita se puso de pie, sacudió su pelaje enmarañado y comenzó a corretear.

"Vamos, Poppy", le dijo Melanie al perro. "Vámonos a casa".

"¿Poppy?"

Melanie sonrió mientras tomaba la perrita en sus brazos. "Parece un grupo de esas bonitas amapolas naranjas que crecen al lado del pantano en primavera. Es el nombre perfecto para ella".

Fiona estaba casi demasiado agotada para reírse. ¿Realmente acababa de operar a un perro usando nada más que brujería?

"No es una mala primera lección", dijo Melanie con una risita mientras abrazaba al perro ahora dormido en su pecho. "No está nada mal".

CAPÍTULO SEIS

Compartir el espacio con una adolescente y ahora un perrito era más de lo que Fiona podía imaginar.

La primera semana había sido una lucha para mantener el teléfono móvil fuera de sus manos, pero Melanie aceptó el trabajo en el café de inmediato. Su primer día había ganado diez dólares en propinas, y después de eso, se desafió a sí misma a superar esa cantidad.

Aunque Fiona se esforzó por mantener la cafetería limpia, el apartamento de arriba era otra historia. La ropa desechada de Melanie llenaba el piso, el fregadero se desbordaba con los platos sucios de sus bocadillos nocturnos, y los cojines de los muebles del patio estaban desparramados por todo el balcón. La chica había decidido hacer el balcón su habitación y la de Poppy para el verano. Ahora presentaba una gran cantidad de ronchas rojas que causaban comezón por las picaduras de mosquitos, y Fiona se vio obligada a comprar más velas de resina y una caja de repelente de insectos.

Fiona finalmente se puso firme después de la visita de Héctor cuando fue al baño para meterse en la bañera y encontrar la habitación en un caos. Las toallas mojadas se habían dejado apiladas en la bañera, y los productos de higiene personal se esparcieron por el suelo alrededor del inodoro.

"Melanie", gritó, "ven aquí y limpia esta zona de desastre".

"¿Qué?" preguntó la chica mientras se asomaba por la puerta con el pelo en trenzas y llevando su pijama de Bob Esponja. Poppy se paró al lado de Melanie con su cola meneada.

"No puedes salir de este baño con tanto desorden", dijo Fiona mientras sacaba una toalla mojada de la bañera. "Yo también tengo que usarla, sabes". Fiona le sonrió al perrito. "¿Y ya llevaste a Poppy a su paseo nocturno? Estoy segura de que ella también necesita hacer sus cosas".

Melanie se apresuró a coger las toallas mojadas. "Lo siento, tía Fiona", dijo, y abrió el cesto de la ropa para dejarlas caer. "La sacaré en un minuto, pero creo que ya hizo sus cosas en el balcón."

"No te atrevas a poner esas cosas mojadas en el cesto", advirtió Fiona. "Se enmohecerán y apestarán". Poppy vino a lamerle la mano a Fiona. "Espero que hayas limpiado su desastre ahí fuera. Ve a poner esas cosas mojadas en la lavadora y haz una carga junto con las toallas de abajo."

"Sí, señora", dijo la chica y se giró hacia la lavandería apilada entre el baño y la cocina. "Vamos, Poppy, para que la tía Fiona pueda tomar su baño." El perrito salió corriendo tras la adolescente vestida de pijama.

Melanie era buena en la caja registradora, y Fiona le confió casi inmediatamente la combinación de la caja fuerte, llenando la caja para el día antes de abrirla, y haciendo las cuentas después de cerrarla. Se mostró responsable y competente. La chica tenía un don de gentes, y Fiona sospechaba que usaba sus fuertes habilidades empáticas con algunos de los clientes más seguros.

No pasó mucho tiempo para que la tienda se llenara con las amigas de Melanie de la escuela, y a Fiona no le importaba la Coca-Cola ocasional que iba a una mesa sin pasar por la caja registradora.

Los ojos de Fiona estaban llenos de lágrimas cuando vio a Melanie con una amiga y sus jóvenes hermanas una tarde.

"Hola, Tammy", Melanie saludó a una joven morena sosteniendo las manos de dos chicas más jóvenes. Todas llevaban camisetas descoloridas pero limpias y con cortes irregulares. "¿Qué hacen fuera hoy?"

"Hola, Mel", respondió la chica con una cálida sonrisa en su rostro demasiado delgado. "Mamá tiene un trabajo de limpieza de una casa hoy, así que tengo a las niñas. Pensé en venir aquí y leerles un cuento en la sección de niños", dijo la niña con una mirada nerviosa por la habitación, "si eso está bien".

Fiona había contratado a Raquel Clairvoux, una talentosa pintora de St. Martinsville, para pintar caprichosos murales de personajes de la literatura infantil popular en las paredes. La sección infantil tenía un enorme y colorido hongo en una pared con un gato de Cheshire encaramado en él y criaturas del "Donde están las cosas salvajes". Fiona organizaba un día de lectura una vez al mes en el que alguien se vestía como un personaje de ficción popular y les leía a los niños. Fiona disfrutaba leyendo Harry Potter a los niños vestida como el Profesor McGonagall de Maggie Smith.

Una de las niñas se separó de su hermana para presionar su cara contra el frío vidrio de la pastelería con sus pequeños ojos marrones de par en par.

"¿Cuál es tu favorito ahí dentro?" Melanie preguntó cuándo vio a la niña hambrienta mirar la variedad de golosinas.

La niña de seis o siete años le echó un vistazo rápido a su hermana antes de responder. "Me gusta ese pastel de coco con el glaseado blanco y esponjoso", respondió.

"¿Y tu hermana pequeña?" Melanie continuó. "¿Cuál es su favorita?"

"Eso es fácil", dijo la niña. "A Peggy le gusta el chocolate. Ella querría un gran pedazo de ese pastel de chocolate con el glaseado pegajoso y las chispitas de chocolate."

"¿Y Tammy? ¿Qué le gusta?" Melanie preguntó con una sonrisa en su cara.

La niña miró fijamente a su hermana frunciendo el ceño.

"Cuando no está a dieta, y suele estarlo, querría un poco de ese pastel de chocolate alemán con coco y pralinés en el glaseado".

"¿Y qué les gustaría beber con eso?" Melanie preguntó. "¿Coca-Cola, jugo o leche?"

"Me gustaría una leche de chocolate fría", dijo Peggy mientras seguía mirando las filas de dulces de la caja.

"Yo también", dijo la otra niña, "pero Tammy querrá una Coca-Cola Light para cuidar su figura".

"Con gusto", dijo Melanie alegremente. "Un trozo de coco, un trozo de chocolate normal, y un trozo de pastel de chocolate alemán para las tres bonitas hermanas con dos vasos de leche con chocolate y un vaso de Coca-Cola". Le sonrió a Tammy. "Servir Coca-Cola Light con este festival calórico sería una especie de contradicción, ¿no crees?"

Las mejillas de Tammy se sonrojaron. "Mel, no podemos... quiero decir... yo no..."

"No tenemos dinero", dijo Peggy. "Papá está en la cárcel otra vez".

"No tienes que preocuparte por eso, Tam", dijo Melanie en un tono silencioso. "Esta va por mi cuenta. Lleva a tus hermanas a una mesa y yo la llevaré en un minuto".

"No quiero tu caridad, Melanie DuBois", siseó Tammy mientras miraba fijamente a sus hermanas pequeñas de ojos abiertos.

"No es caridad, Tammy", dijo Melanie con un suspiro. "Me estaba preparando para tomarme un descanso y comer algo". Se encogió de hombros al hacer el pedido con un trozo de pastel y una Coca-Cola adicional. "Y odio comer sola. Tú y tus hermanas serán una gran compañía en este día tan lento, así que llévatelas y siéntate."

Tammy cedió y tomó a sus hermanas de la mano. "Gracias, Mel", dijo la chica y caminó con sus hermanas sonrientes y parlanchinas hacia una mesa.

Fiona puso su mano en el hombro de Melanie mientras la chica buscaba dinero en su bolsillo de propinas. "Yo me encargo de esto, cariño", dijo. "Trae las bebidas mientras yo preparo el pastel".

"Iba a pagarlo, tía Fiona", dijo Melanie y sostuvo un billete de cinco dólares y unos cuantos de un dólar."

"Sé que ibas a hacerlo", dijo, "pero todo esto es de ayer, y la Srta. Penny traerá producto fresco esta tarde". Fiona puso rebanadas de pastel en bonitos platos de porcelana. "De hecho", dijo, "empaque las galletas y los pastelitos para que se los lleven a casa". Estoy segura de que su madre lo apreciará. La Srta. Penny suele dejar las cosas de un día en la despensa del Padre Jim." Miró a las chicas. "No se desperdiciará".

"Lo haré", dijo la chica con una sonrisa en la cara, "y gracias, tía Fiona".

"Tal vez a esas niñas les gustaría conocer a Poppy después de terminar su pastel. ¿No es hora de su paseo?"

Melanie sonrió. "Claro que sí, tía Fiona".

Una semana antes de la firma, Marco Lourdes entró en la tienda una noche empujando un carrito de muebles cargado con cuatro cajas grandes de libros.

Miró alrededor de la tienda las mesas que Melanie había apilado con sus novelas y las paredes adornadas con los carteles que anunciaban la firma. "Esto se ve increíble, señora", le dijo a Fiona. "El Sr. Bascombe dice que ha sido un sueño trabajar con usted en este evento."

Fiona levantó la mirada. "El Sr. Bascombe es implacable", dijo ella. "Usted debe ser su único cliente. Está en el teléfono una docena de veces al día para comprobar este o aquel detalle".

Lourdes se rio. "El Sr. Bascombe tiene muchos clientes, señora, pero rara vez todos tenemos eventos como este al mismo tiempo, así que tiene tiempo para enfocar sus talentos donde se necesitan."

Melanie salió del baño y caminó directamente hacia el escritor. Ella retrocedió con la boca abierta. "Tú eres él", jadeó mientras miraba fijamente desde el rostro vivo de Lourdes a uno de los carteles, "el autor que escribió El Reconocimiento".

Lourdes sonrió a la chica aturdida. "Ese soy yo, mademoiselle, ¿y quién es usted?" Se volvió hacia Fiona con el ceño fruncido. "¿Tuya?"

"Apenas", dijo Fiona. "Es mi sobrina Melanie DuBois. Me está ayudando aquí en la tienda durante el verano".

"Entonces me temo que te he traído más trabajo, jovencita", dijo, asintiendo a los casos.

"No hay problema", dijo Melanie, tomó el cortador del bolsillo de su bata, y cortó la cinta de la caja superior. Sacó un puñado de libros y los llevó a las mesas de exhibición para arreglarlos.

" Ella parece ser lo que la gente joven de hoy en día llama una verdadera triunfadora. "

"Así es", dijo Fiona mientras veía a la chica revolotear de mesa en mesa. "No creo que hubiera podido hacer esto sin ella."

El timbre sonó, y Fiona se giró para ver a Ruby entrar con una Kelly muy embarazada a su lado.

"Abuela", dijo Melanie y corrió a los brazos de su abuela.

"¿Su familia, señora?" Lourdes preguntó mientras las mujeres se acercaban.

"Mi tía Ruby DuBois y mi prima Kelly", dijo Fiona, haciendo rápidas presentaciones. "Este es Marcus Lourdes, nuestro famoso escritor residente en St. Elizabeth."

Lourdes les hizo una gentil reverencia y les besó cada una de sus manos.

"La tía Kelly también es famosa", añadió Melanie. "Podrías reconocerla por su programa de televisión, Avistamientos del Sur".

"Por favor, siéntese, señora", le dijo a Kelly, quien bajó su cuerpo embarazado en su sillón favorito. Fiona notó que su prima se frotaba el punto en la mano que Lourdes había besado. Se preguntó qué había captado la empática del hombre.

"Creo que filmaste uno de tus episodios en la mansión contigua a la mía en Nueva Orleans el año pasado", dijo el autor. "La casa de los Marley".

Kelly sonrió y asintió con la cabeza. "Oh, sí", dijo, "era un lugar bastante activo según recuerdo".

"Corre arriba y recoge tus cosas, Melanie", dijo Ruby. "Tu hermanito te extraña".

"Pero todavía tenemos mucho que hacer aquí para prepararnos para la firma de libros del Sr. Lourdes, abuela. La tía Fiona me necesita".

"Creo que puedo arreglármelas, Mel", dijo Fiona con una sonrisa. "Ve a recoger tus cosas y visita a tu hermano pequeño por unos días."

Melanie frunció el ceño. "Está cansado de hacer todo el oficio mientras no estoy", resopló mientras abría la puerta y subía las escaleras.

"¿Conocía a la familia Marley?" Kelly le preguntó a Lourdes. "Pensé que habían muerto antes de la Segunda Guerra Mundial. La casa ha estado vacía durante décadas".

Lourdes asintió. "La familia sufrió muchas pérdidas trágicas en ese hogar", dijo. "Muertes por la fiebre amarilla antes de la penicilina, ataques durante la Guerra de Agresión del Norte, e incluso una matanza con hacha durante los años 20, creo. Es todo muy triste, pero es una tradición popular en el distrito".

Kelly sonrió. "Conoce su historia, Sr. Lourdes".

"Pero me temo que debo seguir mi camino", dijo con otra reverencia. "Mi editor me acosa como a un supervisor en un campo de caña de azúcar para terminar este próximo libro. Espero verlos a todos en el encantador evento de Madam DuBois el próximo fin de semana."

"Estaremos allí", dijo Ruby con un gesto de su mano manchada por la edad.

Melanie volvió del apartamento con su mochila mientras Lourdes atravesaba la puerta y entraba en la noche.

"¿Lo asustaste con una de tus horribles historias de fantasmas, tía Kelly?"

"No seas ridícula, jovencita", Ruby regañó a su nieta. "El hombre es un escritor y probablemente estaría encantado de escuchar cualquiera de los encuentros de tu tía Kelly con los muertos."

Fiona vio a Kelly frotarse la mano otra vez. "¿Captaste algo en él, Kelly?"

"No lo sé", dijo Kelly con un suspiro, "pero era raro".

Fiona se rio. "El hombre es un escritor", dijo. "La mayoría de los que he conocido podrían ser clasificados en la columna de los raros".

"¿Ninguna de las dos lo sintió?" preguntó Kelly, agarrándose la mano.

"¿Sentir qué?" Ruby preguntó con una sonrisa intranquila. "Puede que me haya quedado un poco impresionada y me lo haya perdido".

Kelly respiró profundamente. "Con él tuve la misma sensación que tengo de los muertos con los que hablo", dijo con un largo suspiro. "Fue desconcertante, por no decir más".

"Nos traeré un poco de té de manzanilla", dijo Fiona.

"Bueno", se burló Melanie, "el Sr. Lourdes está realmente vivo".

"Tal vez sea como tu abuelo", dijo Ruby. "Todos sabemos que hay una multitud de muertos ahí fuera que pueden interactuar con gente como nosotros."

"El Sr. Lourdes no es un fantasma", dijo Melanie. "Tiene que abrir las puertas antes de pasar por ellas. El abuelo sólo camina a través de las cerradas como si no estuvieran allí."

La chica se sentó a pensar por un minuto. "Y el Sr. Lourdes viaja. El abuelo no puede ir más lejos del lugar del patio donde murió que la cocina de la casa o su taller en el garaje." Se limpió una lágrima de su mejilla. "Y tenemos que ir al huerto a visitar a mamá y papá porque ellos tampoco pueden dejar el lugar donde murieron."

"Es cierto, querida", dijo Ruby, "pero estoy seguro de que hay alguna explicación. Kelly sabe de lo que habla cuando se trata de los muertos".

En la cima a lo largo de Black Bayou, una figura estaba en la oscuridad. La brillante luna sobre el agua no proyectaba ninguna sombra.

"La voz dijo antes de que el cuerpo se volviera para mirar el espacio vacío donde la isla de Rubidoux había estado una vez. "Ojalá hubiera podido ser yo quien acabara con su suerte, pero ustedes acabaron con ustedes mismos antes que yo".

Los ojos brillaban verde a la luz de la luna cuando la figura oscura se volvió para acechar hacia el silencioso y boscoso pantano. "No hay ninguna diferencia. Me vengaré por el sufrimiento que las brujas de este maldito pantano han causado a lo largo de los siglos. Estarán todas en un mismo lugar al mismo tiempo, y finalmente podré ponerles fin a todas. He esperado demasiado tiempo. Es hora de que termine".

CAPÍTULO SIETE

Fiona trajo su computadora portátil a la mesa junto con la tetera de té relajante.

"Quiero mostrarles lo que encontré mientras investigaba", dijo Fiona mientras llenaba sus mejores tazas de porcelana con té y las colocaba en platillos que hacían juego. "¿Recuerdas esa vieja telenovela de los sesentas llamada Sombras Tenebrosas?"

"Antes de mi tiempo", dijo Kelly riéndose, "pero vi la película de Johnny Depp".

Ruby resopló. "Johnathan Frid", dijo con un silbido, "debe haberse revolcado en su tumba para ver lo que ese chico le hizo a su personaje en esa parodia de película".

"No me di cuenta de que eras una fan, tía Ruby", dijo Fiona con una sonrisa.

"Todos lo éramos. ¿No recuerdas que tu madre te trajo para verlo conmigo después de que salieras de la escuela?" preguntó la mujer mayor con una sonrisa.

"Recuerdo haber venido a jugar a la piscina mientras mamá veía algo contigo en la casa."

Ruby sorbió su té. "'Sombras Tenebrosas' era una de nuestras favoritas", dijo con una mirada lejana en sus ojos, "pero ciertamente puso nervioso al Consejo".

"¿Demasiado cerca de la verdad como para relajarse?" Fiona preguntó.

Ruby arqueó su delgada ceja. "Algo así", susurró. "Había todo tipo de rumores en ese entonces sobre quién estaba dando información sensible y restringida a los escritores sobre nosotros y lo que el Consejo haría cuando atraparan al traidor".

"¿Pero no se suponía que estaba ambientada en un pueblo pesquero de la costa atlántica?" preguntó Kelly mientras mezclaba el azúcar en su té.

"Santa Elizabeth y Nueva Orleans solían ser pueblos de pescadores", dijo Ruby.

"Y podría haber una conexión", dijo Fiona mientras encendía su computadora portátil y escribía. "Mira esto".

Dio la vuelta a la máquina para que todos pudieran ver la pantalla. Dos hombres estaban sentados juntos con vasos de licor en sus manos y adornos navideños al fondo. La leyenda debajo de la foto decía: "El actor de Sombras Tenebrosas, Johnathan Frid, comparte el programa Holiday Cheer con uno de los escritores del programa, Mark Lord. Navidad 1969".

"Pero ése es el Sr. Lourdes", dijo Melanie jadeando mientras miraba la pantalla.

"¿Crees que Marcus Lourdes, que escribe ficción sobre vampiros hoy en día, y este Mark Lord, que escribió una telenovela sobre vampiros en los años 60, son la misma persona?" Kelly preguntó con los ojos bien abiertos.

Ruby estudió la pantalla. "Eso tendría mucho sentido si Lourdes fuera un vampiro de verdad", dijo con un suspiro. "En Sombras Tenebrosas, se supone que Barnabas Collins fue maldecido por la bruja francesa Angelique." Ella se tomó un minuto para sorber su té. "Y esa bruja era una Rubidoux, si es que alguna vez vi una."

"Y eso es lo que le pasó a Gascon en El Reconocimiento", dijo Melanie. "Una bruja lo maldijo porque estaba enamorado de otra mujer, y cuando se alimentó por primera vez, se convirtió en vampiro para siempre y no se podía volver a cambiar".

"Me suena bastante familiar", dijo Kelly con un suspiro. "¿Cuándo fue que el Consejo prohibió las maldiciones de vampiros y hombres lobo?"

"En algún momento del siglo XII o XIII", dijo Ruby encogiéndose de hombros. "¿Por qué?"

"Así que es posible," meditó Kelly, "que este Matthias Lourdes en los registros de los que nos hablaste pudiera haber sido maldecido por una bruja de Rubidoux en algún momento después de que las familias emigraran al pantano y se convirtieran en nuestro Marcus Lourdes y el escritor de televisión Mark Lord."

Ruby se volvió hacia Fiona. "Asumo que buscaste más información sobre este Mark Lord?"

"Según Google", dijo Fiona, "murió en un accidente de avión en los Alpes suizos en el 70 o en un accidente de coche en Italia". No estaba claro, pero de cualquier manera, no se le menciona en ninguna parte después de eso."

"Como cualquier buen vampiro", dijo Kelly, "desapareció él mismo".

"¿Y reapareció como el novelista Marcus Lourdes en los años 90?" dijo Fiona encogiéndose de hombros mientras sorbía su té.

"Si alguien del Consejo ha hecho la misma conexión que nosotros", dijo Kelly, "me sorprende que Julia no haya tenido a De LaCroix llamando a su puerta para pedir información sobre Lourdes y esta firma de libros. No me imagino que esa película le haya hecho muchos amigos en el Consejo tampoco".

"Estoy seguro de que el Consejo ha visto las noticias", dijo Fiona con un suspiro. "El publicista de Lourdes lo ha anunciado en todos los periódicos y revistas literarias."

Todas ellas observaron la presencia de luces intermitentes. Charlie y Rex entraron con el ceño fruncido en sus rostros bronceados, y Fiona se levantó para coger la cafetera.

"¿Noche ajetreada, chicos?" preguntó mientras llenaba sus tazas.

"Como pueden ver", dijo, agitando su mano hacia los carteles y las mesas llenas de libros, "Mel y yo también hemos estado muy ocupadas".

"Sobre eso, Fi", dijo Charlie y recogió su taza.

"¿Qué pasa con eso?", preguntó ella con un escalofrío recorriendo su columna vertebral al escuchar su tono.

"Lourdes está muerto, Fiona", dijo Rex, "o al menos creemos que lo está".

"¿Qué?" Fiona gritó mientras la olla se deslizaba de sus temblorosos dedos y se estrellaba contra el suelo de baldosas.

"¿Qué está pasando?" Kelly preguntó cuando ella y Melanie se apresuraron a investigar.

"Marcus Lourdes fue atropellado por un coche y probablemente esté muerto", dijo Rex.

"¿Qué ha pasado?" preguntó Melanie. "¿Está en el hospital?"

"No", dijo Rex, "La vieja Bernice Watson dijo que salió delante de ella. Supongo que ella lo golpeó con su gran Cadillac y", silbó y usó su dedo índice para imitar un cuerpo volando hacia el pantano, "se fue al agua".

"Ahora, a ella tuvimos que enviarla al hospital en estado de shock" dijo Charlie.

"Y como si estuviera borracha", añadió Rex. "Casi me llegó un zumbido de su aliento mientras lloriqueaba sobre cómo había golpeado a su nuevo mejor amigo, el Sr. Marcus Lourdes, a quien acababa de conocer aquí la otra noche y cómo iba a ayudar a organizar su gran firma de libros aquí en casa de Fiona".

"Oh, Dios mío", dijo Kelly con un suspiro cuando el labio de Melanie comenzó a temblar.

"El Sr. Lourdes no puede estar muerto", murmuró la chica, y gruesas lágrimas rodaron por sus mejillas mientras rompía en sollozos. "Estuvo aquí hace unas horas", sollozó Melanie. "Nos trajo más libros para el próximo fin de semana."

Kelly puso sus brazos alrededor de la adolescente que lloraba. "Vamos a buscar tu bolso, cariño, y llevarte a ti y a la tía Ruby a casa".

"Necesito quedarme aquí con la tía Fiona", sollozó Melanie.

"No te preocupes por mí, Mel", le dijo Fiona a la niña, "estaré bien".

"OK", gimió, y Kelly la llevó lejos.

"Siento que hayamos alterado a la chica, Fiona", dijo Rex mientras sus ojos seguían a Melanie, "pero pensamos que deberías saber lo que estaba pasando con Lourdes. Con este gran proyecto que tenías planeado y todo eso".

"Gracias chicos", dijo. "Realmente lo agradezco".

Rex tomó el último trago de café como un hombre toma un trago de whisky en la última llamada. "Será mejor que nos vayamos", le dijo a Charlie y se dirigió a la puerta.

Charlie esperó y tomó la mano de Fiona una vez que su compañero y la familia de Fiona habían dejado el edificio. "¿Vas a estar bien, Fi? Sé que tú y la chica han trabajado mucho en esta maldita cosa para que todo se vaya al diablo".

Fiona lo miró fijamente a sus ojos marrones y le obligó a sonreír. "Todo estará bien", dijo y se dejó caer en su cálido abrazo.

"Podría volver después de mi turno y hacerte compañía", se aventuró con una sonrisa esperanzada.

Ella se sintió tentada, pero se alejó. "Estaré bien, Charlie", dijo Fiona. "Tal vez en otro momento".

"Claro", dijo Charlie con la cara caída, "en otro momento". Salió y se unió a Rex afuera.

Fiona cerró la puerta y encendió el cartel de neón de "cerrado". Dentro de la cafetería vacía, todo lo que podía ver eran los carteles de Lourdes con su cara sonriéndole.

"¿Estás realmente muerto, Marcus", susurró ella en el espacio vacío mientras caminaba hacia una de las mesas y recogía una de sus novelas, "o eres un vampiro y este es otro de tus actos de desaparición? ¿Volverás en otros cincuenta años con otra historia... y otro nombre?"

Fiona tiró el libro y empezó a recoger los platos sucios de las mesas. Antes de poder retirarse a dormir, necesitaba limpiar los cristales rotos de la cafetera y fregar el suelo.

"Si ibas a escenificar tu maldita muerte y desaparecer", siseó Fiona, "podrías haber esperado hasta después de la maldita firma".

Después de limpiar, Fiona apagó las luces y subió las escaleras de su apartamento.

"Necesito una copa de vino", se dijo a sí misma y abrió el refrigerador. Poppy arañó y se quejó en la puerta del balcón. Supuso que también tendría que pasear al perro.

Fiona sirvió una copa de zin blanco, se quitó sus cómodas zapatillas y abrió las puertas del balcón. Poppy entró corriendo para llamar la atención. Melanie había vuelto a colocar todos los cojines, y después de encender una vela de resina para disuadir a los mosquitos, Fiona se dejó caer en su sillón y puso los pies en alto. Poppy saltó con ella y comenzó a lamer la cara de Fiona.

"Cálmate, chica, te llevaré a orinar en un minuto."

Como si entendiera las palabras de Fiona, el perro saltó, fue al poste de la esquina, se puso en cuclillas y orinó.

"Gracias por no hacerlo en los muebles", le dijo Fiona al perro mientras sorbía su vino.

No se había dado cuenta de lo mucho que había esperado el evento de firmas y no sólo por el dinero extra que había prometido traer. Esperaba ver la tienda llena de clientes, escuchar a la banda de Dixieland que había contratado para la ocasión, y disfrutar del día de diversión desenfrenada que había imaginado que sería.

Fiona comenzó a tomar notas mentales de todos a los que tenía que llamar. Necesitaba cancelar la banda y el carro de la barbacoa que había alquilado, llamar al Padre Jim y decirle que no necesitaba el estacionamiento de St. Agnes después de todo y cancelar las mesas y sillas extras que había pedido en el lugar de alquiler. Dejaría que el Sr. Bascombe se ocupara de los periódicos. Fiona cerró los ojos. No esperaba ansiosamente llamar a Bascombe por la mañana.

El recuerdo de una fiesta de cumpleaños que había planeado para sí misma cuando tenía diez años le vino a la mente. Fiona había pasado semanas planeándola, haciendo y entregando invitaciones a sus compañeros de clase, pasando horas en la decoración de su patio trasero y sólo tres personas se habían molestado en aparecer.

Estaba devastada, y su padre se había reído de ella por pensar que era más de lo que era. Fiona se había negado a celebrar otro cumpleaños después de eso.

"Tal vez esto iba a ser lo mismo que esa estúpida fiesta de cumpleaños, y esperaba que esto fuera más de lo que nunca iba a ser", murmuró y bebió más vino.

El aire nocturno estaba cargado de humedad y olía a pantano. Fiona cerró los ojos y respiró profundamente. Olía a jazmín, a miel de abeja y a mimosa. A lo lejos, escuchó el zumbido de los motores fuera de borda mientras cruzaban el pantano en busca del cuerpo de Marco Lourdes, un cuerpo que Fiona sabía que nunca encontrarían.

Puso la copa vacía sobre la mesa, se echó un chal delgado encima y dejó que el sonido de las ranas de los árboles la adormeciera.

El tintineo de su teléfono celular despertó a Fiona antes de que saliera el sol. Hizo el chal a un lado y buscó el teléfono en su bolsillo. Poppy saltó sobre su regazo.

"Te bajaré en un minuto", le dijo Fiona a la perra.

Fiona suspiró cuando leyó el nombre del Sr. Bascombe en la pantalla y pulsó el botón para responder a la llamada.

"Sra. Dubois", dijo el publicista con su voz nasal aguda, "Aquí Bascombe".

"Buenos días, Sr. Bascombe", respondió Fiona con una voz aturdida y se limpió los ojos malhumorados. Un tenue brillo anaranjado iluminaba el horizonte a través de pesadas nubes púrpuras, prometiendo lluvia.

"¿Qué noticias tienes de nuestro pobre Sr. Lourdes?" preguntó.

Fiona se preguntó quién había contactado ya con Nueva York. "Sólo lo que algunos policías locales me dijeron anoche", dijo, "que había sido atropellado por un coche y arrojado al pantano". Tenían botes en el agua buscándolo cuando me fui a dormir anoche".

Se puso de pie y entró con Poppy pisándole los talones. "¿Qué ha oído usted?"

"Lo mismo", respondió Bascombe, "pero ahora dicen que se lo llevó una de sus horribles bestias reptiles".

¿Mis horribles bestias reptiles? Fiona llenó su tetera y la puso en la estufa antes de meter unas croquetas en el plato vacío de Poppy. "¿Creen que se lo llevó un caimán?" Ella encendió el quemador. "¿Por qué pensarían eso?"

Fiona escuchó al hombre sollozar. "Parece que encontraron ropa ensangrentada que identificaron como perteneciente a Marcus", dijo Bascombe, "y van a terminar la búsqueda si no lo encuentran en las próximas veinticuatro horas".

"Oh, Dios", dijo Fiona. "Supongo que será mejor que nos pongamos a trabajar cancelando todo para la firma."

"Ese es el asunto", sollozó Bascombe, "los demonios de la editorial no quieren cancelar nada".

La boca de Fiona se abrió en shock. "No puedes tener un autor firmando cuando no hay un autor."

"Los bastardos codiciosos quieren convertirlo en un monumento o en una tontería así", dijo Bascombe.

"¿Un monumento conmemorativo en una librería?"

Bascombe se rio. "A Marcus le habría encantado eso".

"Tal vez en una gran tienda de Nueva York", dijo Fiona, "o incluso en Nueva Orleans, pero seguramente no aquí en la pequeña St. Elizabeth".

"A Marcus le habría parecido perfecto", dijo Bascombe. "Amaba ese pequeño pueblo. ¿Sabías que ambientó allí su primera novela, la que convirtieron en 'El Reconocimiento'?"

"No tenía ni idea", dijo Fiona. "¿Cómo se llama? Me trajo algo de su trabajo auto-publicado para ponerlo en la tienda."

"Espera", dijo, "Creo que lo tengo aquí en alguna parte". Fiona escuchó a Bascombe moviéndose al otro lado de la línea. "Oh, sí, aquí está. Lo llamó 'El regalo de la duodécima noche'. Debería leerlo, Sra. DuBois. Es realmente muy bueno".

"¿Por qué el editor quería cambiarlo?" preguntó y volvió a la estufa para verter agua caliente sobre una bolsa de Red Zinger.

"Pensaron que el libro se vendería mejor si se ambientaba en un lugar más reconocible como Nueva Orleans", dijo Bascombe, "y parecían pensar que la gente no se creería una historia en la que un mago sacaba una isla del pantano para construir su casa familiar".

La boca de Fiona se abrió, y la copa casi se deslizó de sus dedos. Eso fue exactamente lo que había sucedido en Black Bayou. Ella necesitaba leer ese libro.

"Me suena a buena ficción", era todo lo que Fiona podía pensar para responder.

"Entonces estoy seguro de que disfrutará del libro", dijo Bascombe, "y le llamaré con más detalles para el memorial de nuestro querido Sr. Lourdes".

"Y haré lo mismo cuando escuche las noticias aquí sobre su recuperación del pantano."

"Oh, sí, por favor", dijo antes de desconectar.

Fiona se dejó caer en su silla y tomó un largo trago del té ácido. "Creo que hoy voy a necesitar algo más que cafeína", se dijo a sí misma cuando un rayo se estrelló y el primer trueno sonó sobre el pantano.

"Vamos, Poppy, será mejor que salgas antes de que se abra el cielo." Fiona se apresuró a bajar las escaleras con el perrito detrás.

Su teléfono sonó de nuevo, y Fiona no reconoció el número en la pantalla. "Fiona DuBois", respondió mientras salía con el perro, "¿En qué puedo ayudarla?"

"Sra. DuBois", una voz masculina profunda dijo, "soy Allan Davis de Hardscape Press".

"¿Sí?", dijo, reconociendo el nombre del editor de Lourdes en Nueva York.

"Soy, o más bien lo era, el editor del Sr. Lourdes, y me pregunto si podría hacernos un favor aquí en Hardscape."

"¿Qué clase de favor?" preguntó Fiona con la frente fruncida por la confusión. ¿Qué más podría querer su editor con ella?

"Pagamos al Sr. Lourdes una gran suma por adelantado por el manuscrito que se entrega hoy", dijo Davis, "y me preguntaba si podría ir a su casa y recuperarlo para nosotros".

La boca de Fiona se abrió. "No tengo ni idea de dónde está la residencia del Sr. Lourdes", dijo mientras veía a Poppy corriendo por el aparcamiento.

"Oh, vamos, Sra. DuBois", regañó el hombre. "¿Intenta decirme que no sabe dónde está la casa del ciudadano más prominente de su pequeña Hicksville?"

Hicksville, ¿eh? "Eso es exactamente lo que intento decirle, Sr. Davis", respondió Fiona con voz tranquila. "Independientemente de lo que pueda pensar, la gente de al sur de la ciudad de Nueva York no se conocen y visitan con regularidad. La mayoría disfruta de su privacidad. Es por eso que eligen no vivir en la ciudad."

"Ya veo", dijo y se aclaró la garganta. "¿Qué hay de la oficina de impuestos? ¿No tendrían allí los registros de la casa de Lourdes?"

"¿Y por qué me darían esa información a mí, Sr. Davis? No soy de la familia. No es asunto mío".

"Estoy seguro", dijo en tono condescendiente, "que la pequeña oficina de impuestos de Hicksville compartiría cualquier información sobre el lugar de residencia del Sr. Lourdes si usted lo pidiera".

"No", dijo Fiona, "no lo harían. Se trata de lo que mencioné sobre que los habitantes de Hicksville valoramos nuestra privacidad. No puedo ayudarlo, Sr. Davis", dijo ella y desconectó. Llamó a Poppy y el perro la siguió hasta el edificio.

Unos minutos después de repasar las palabras del hombre en su cabeza, Fiona bloqueó su número.

Terminó su té, se duchó y se vistió para su día con unos cómodos jeans, una camiseta sin mangas de color naranja brillante y una chaqueta negra con profundos bolsillos de parche. Tenía la sensación de que iba a ser un día largo.

CAPÍTULO OCHO

LAS PRIMERAS GOTAS DE LLUVIA GRUESAS CAYERON SOBRE LA ventana antes de las 6:30 mientras Fiona encendía la máquina de café.

Unos minutos después, tres patrullas municipales entraron en el terreno de grava remolcando los barcos detrás de ellos. Ella abrió la puerta y Charlie, Rex y el oficial de St. Martinsville, Earl, entraron corriendo bajo la lluvia que azotaba.

"Estamos muy contentos de que hayas abierto, Fiona", dijo Charlie. "¿Cómo estás esta mañana?"

" Muy bien, supongo", dijo y llenó tres tazas. "¿Puedo traerles algo más?"

"Si no estuviera tan cansado", dijo Earl con un guiño, "podría pensar en algo". Se apretó la entrepierna debajo de la mesa, "Pero no creo que el pequeño esté preparado para esto esta mañana".

Fiona ignoró al oficial malhablado y se dirigió a Charlie. "¿No lo encontraste?"

"Ese viejo bastardo es un cebo para caimanes", dijo Earl mientras echaba azúcar en su café. "Algún monstruo arrastró su culo hasta el fondo del pantano y lo está ablandando para un buen festín más tarde".

"Me imagino que no envían a éste a hacer muchas notificaciones familiares, ¿verdad?" dijo Fiona a sus dos amigos.

"No", dijo Earl con una sonrisa, "y así es como me gusta".

"Encontraron una chaqueta de tweed con el brazo arrancado", dijo Charlie, "y cubierta de sangre. La billetera de Lourdes con su identificación y tarjetas de crédito estaban en el bolsillo."

"Iban a continuar la búsqueda un día más", añadió Rex, "pero con esta lluvia han decidido cancelar y declararlo muerto por mala suerte".

"Difícilmente llamaría mala suerte a ser atropellado por un conductor ebrio", dijo Fiona.

"¿Te estabas tirando a ese viejo o algo así, tetas chulas?" Earl preguntó con una risa grosera.

"¿Y cómo sería eso asunto tuyo si lo fuera?" Fiona exigió mientras se acercaba al hombre con la cafetera en su puño.

Charlie se puso de pie y le quitó la cafetera a Fiona. "Ignóralo, Fi", dijo. "Earl es un imbécil, y ha tomado demasiado café y no ha dormido lo suficiente".

"Así que", dijo ella, mirando al oficial de St. Martinsville, "es un idiota cuando bebe, un idiota cuando está sobrio, y un idiota cuando tiene sueño". Suena como si siempre fuera un imbécil".

"Eso es lo que soy, señora." Earl se puso de pie, metió la mano en su bolsillo y tiró algunos billetes de un dólar sobre la mesa. "No quise insultar a nadie." Dio la vuelta y salió del edificio.

Rex y Charlie comenzaron a reírse. "No creo haber visto nunca antes al viejo Earl puesto en su lugar por una mujer", dijo Rex y se limpió las lágrimas de risa de su cara.

"Yo tampoco". Charlie tomó la mano de Fiona. "Pero estoy agotado, así que creo que yo también me voy a ir."

Cuando los oficiales se fueron, Fiona limpió la mesa, lavó las tazas y luego fue a una de las mesas de exhibición con las novelas de Lourdes. Encontró "El regalo de la duodécima noche", se dejó caer en una cómoda silla y comenzó a leer.

La fuerte lluvia mantuvo a la gente alejada de la tienda, y Fiona tuvo mucho tiempo para absorber la novela. Bascombe había tenido razón. El Regalo de la Duodécima Noche estaba muy bien escrita con un excelente desarrollo de los personajes y el uso de los cinco sentidos para describir los escenarios.

Fiona podía ver el castillo de piedra en la Isla Rubidoux cuando hablaba del malvado mago y su familia, oler el aire estancado sobre el pantano cuando hablaba de las brisas que soplaban, y escuchar las olas que salpicaban en las costas rocosas de la isla. Su descripción de la ropa de época hizo que Fiona estuviera segura de que el hombre había experimentado el tiempo y no simplemente lo había imaginado por la investigación que había hecho.

Su teléfono sonó alrededor de las 3, y Fiona sintió una punzada de culpa cuando vio el nombre de Ruby en la pantalla. Debería haber llamado más temprano para ver cómo estaba Melanie.

"Hola, tía Ruby", dijo Fiona, "¿cómo está nuestra chica?"

"Ella está bien", dijo Ruby. "La típica adolescente, aunque tuvo un ataque de llanto cuando escuchó en la radio que habían cancelado la búsqueda y declararon al hombre muerto ya."

"Me di cuenta. Charlie y Rex estuvieron antes con las noticias".

"¿No suelen buscar un superviviente durante al menos setenta y dos horas?" Ruby preguntó.

"Encontraron una chaqueta ensangrentada en el pantano con la billetera de Lourdes en ella. Creen que un caimán lo atrapó".

Ruby resopló. "Suena como una buena manera para un vampiro que se ha quedado demasiado tiempo para desaparecer él mismo."

Fiona miró fijamente el libro en su regazo. "Empiezo a pensar que tienes razón, tía Ruby".

Hubo un fuerte trueno, y las luces parpadearon y se apagaron, dejando el edificio en la oscuridad.

"La energía se fue aquí", dijo Fiona. "Supongo que ya he terminado de leer por hoy".

"Debemos estar en una red diferente aquí", dijo Ruby. "Todavía tenemos energía..." Hizo una pausa, y Fiona pensó que podría estar tomando té. "¿Qué estás leyendo, querida? Un día como hoy no es bueno para mucho más que eso."

"Es una de las novelas auto-publicadas de Lourdes", dijo Fiona. "Se llama 'El regalo de la duodécima noche', y es muy buena. Creo que podría ser la respuesta a todas nuestras preguntas sobre el Sr. Lourdes."

"Creo que Melanie lo trajo a casa en su mochila con otros tres libros", dijo Ruby. "Espero que no haya problema".

Fiona sonrió. "Los libros gratis son una de las ventajas de trabajar en la librería de tu tía", dijo. "Léelo, tía Ruby. Se supone que es la historia original de "The Reckoning" antes de que el editor hiciera que Lourdes la cambiara".

"¿Hacerle cambiar qué?"

"Oh, no mucho", dijo Fiona en tono sarcástico, "sólo el nombre, la ubicación y el período de tiempo de toda la maldita cosa".

"Oh, Dios", dijo Ruby, "No sabía que podían hacer eso".

"Cuando le pagan mucho dinero a un autor", dijo Fiona, "supongo que pueden hacerle cambiar lo que crean que ayudará a vender el libro".

"Supongo que tiene sentido. Julia está leyendo uno llamado 'Sombra Nocturna'", añadió Ruby con una risita suave. "Es sobre un joven que está maldito con la maldición de hombre lobo por una bonita pero malvada joven bruja."

"Oh, Dios", dijo Fiona. "Definitivamente leeré ese después".

Fiona llamó a la compañía eléctrica y escuchó una grabación diciendo que un transformador había sido alcanzado por un rayo y que se esperaba varias horas sin energía. Encontró un viejo letrero de plástico de Cerrado en un cajón y lo pegó con cinta adhesiva a la puerta. No tenía mucho sentido permanecer abierto cuando el edificio estaba demasiado oscuro para leer y ella no podía hacer café. Recogió las jarras de crema de las mesas y las guardó en el oscuro refrigerador. Permanecería frío durante varias horas mientras mantuviera la puerta cerrada.

Empaquetó algunos pasteles, los llevó a través de la lluvia torrencial hasta su Escape, y condujo hasta Shady Rest.

"Pensé que podrían disfrutar de un pequeño refrigerio", dijo y dejó caer la caja de cartón blanco sobre el escritorio. "¿Cómo está el viejo pedorro hoy?"

Gina giró los ojos. "No le gustan las tormentas", dijo la enfermera, "y con el apagón, no puede ver sus películas del oeste en la televisión".

"Nunca le ha gustado, y me imaginé que podría estar dándoles problemas", dijo Fiona y caminó por el oscuro pasillo hacia la habitación de su padre con una bolsa en la mano.

"Hola, papá", dijo cuando entró. El viejo se sentó en su silla de ruedas, mirando fijamente la oscura pantalla de televisión.

Arthur Carlisle giró la cabeza para mirarla sin reconocerla. "¿Estás aquí para arreglar mi televisión? Está estropeado otra vez."

"Es el clima, papá. La compañía eléctrica dijo que un rayo golpeó un transformador y es probable que esté fuera por unas horas más."

"Eso es una mierda", siseó su padre, "mi luz sigue funcionando". Señaló la luz brillante de su mesilla de noche".

"Esa es la luz que te traje para momentos como este, papá. Funciona con pilas, no con electricidad".

Fiona levantó una caja blanca más pequeña y una taza isotérmica de la bolsa. "Te traje un poco de ese pastel de coco que te gusta y un poco de café fresco."

La cara del viejo se iluminó. "¿Coco?"

"Igual que mamá solía hacer para ti."

Miró fijamente a Fiona mientras ella abría la taza y se la entregaba. La cogió con una mano temblorosa, su cara retorcida por la confusión originada por su demencia. ¿"Fiona"? ¿Estás aquí para arreglar mi televisión? Está estropeada otra vez."

"Volverá en un rato, papá". Fiona sacó el pedazo de pastel de la caja y añadió una cuchara de plástico al plato de papel. "Aquí está tu pastel", dijo y recogió algunos sobres para hacer espacio en la pequeña mesa rodante puesta a una altura que cabía en el regazo de su padre.

Ella colocó la mesa en su lugar delante del viejo. Su padre dejó la taza, cogió la cuchara y cogió un trozo de pastel. "Mi esposa solía hacer la torta así", dijo con la boca llena.

"Lo sé, papá", susurró Fiona. "Lo sé".

Mientras su padre disfrutaba del pastel, Fiona estudiaba los sobres en su mano. Se quedó atónita al ver que eran del banco. Cuando miró uno, se quedó aún más sorprendida al ver un rojo brillante de Fondos Insuficientes estampado en el papel. ¿En qué se había metido ahora? Sacó el aviso para ver qué cheque había sido devuelto. Había sido escrito a St. Agnes por la cantidad de quinientos dólares.

"¿Qué es esto del banco, papá?" Fiona exigió.

"¿Qué?" Se volvió para mirar a Fiona con su correo en la mano. "¿Qué estás haciendo en mis asuntos personales, chica?" Alcanzó los sobres. "Esos son míos, y no tienes por qué fisgonear en mis asuntos personales."

"¿De dónde sacaste una chequera, papá? Ahora me encargo de tus facturas".

"Margo me lo trajo de casa", dijo con una voz suave. "Margo me cuida muy bien".

"¿También has estado escribiendo cheques para Margo?"

Fiona se pasó la mano por el pelo con frustración. ¿La mujer se había estado aprovechando de su padre?

"Pago a Margo todos los meses por cuidarme", dijo mientras se metía el último bocado de pastel en la boca y se limpiaba el glaseado del plato con el dedo.

"Margo ya no te cuida, papá", dijo Fiona con un suspiro. "La gente de Shady Rest te cuida ahora, y nosotros les pagamos a ellos... no a Margo."

"Esa es otra mentira", escupió su padre. "Margo viene todos los días y me cuida." Sacudió la cabeza. "Aquí no me cuidan."

"¿Por qué le hiciste un cheque a St. Agnes por quinientos dólares, papá? Ya no vas a la iglesia".

La miró desde su silla con los ojos bien abiertos. " Para que el Padre Jim rezara por el alma de mi pobre y malvada esposa", dijo, "y la mía".

"Mamá no necesita oraciones de un sacerdote católico para su alma, papá. Su alma está bien."

"Se está quemando en el fuego del infierno porque era una malvada DuBois y se asoció con el mal."

La sangre de Fiona comenzó a hervir. "Mamá dejó de asociarse con su familia después de casarse contigo, papá. Fue a tu maldita iglesia y recitó tus malditas oraciones de rodillas. Renunció a nuestro derecho de nacimiento por ti, papá. No necesitas pagarle a un sacerdote quinientos dólares para que rece por su alma".

"Esa perra de DuBois nunca dejó sus costumbres de bruja", dijo Arthur. "La escuché en la parte de atrás donde puso su pequeño altar a esa diosa suya. Murmuró sus maldiciones y hechizos cuando pensó que yo estaba dormido. Vi la maldad en ella". Señaló a Fiona con el dedo. "Como siempre lo he visto en ti. Eres DuBois y Rubidoux, no lo olvides."

Fiona giró los ojos. "¿Cómo podría olvidarlo, papá?"

"¿Dónde está tu marido, Fiona? ¿Por qué no está aquí contigo?"

"Ya no estoy casado con Elliot, papá. Me divorcié del bastardo hace dos años después de que lo atrapé en mi cama con otra mujer. Ahora está casado con esa mujer".

Arthur sacudió su cabeza blanca. "Elliot era un hombre bueno y temeroso de Dios. Quería tener hijos. ¿Sabías eso, Fiona? Lloró cuando me dijo que te negabas a darle hijos".

"No le negué nada", dijo Fiona, tratando de mantener su temperamento bajo control. "Nací con malas trompas y no pude concebir hijos. Tuve cirugías, pero nunca pudieron arreglarlo".

Arthur se encogió de hombros. "Probablemente la forma de Dios de evitar que más maldad se arrastre a este mundo".

"Entonces tal vez debería haber ensuciado las trompas de la

abuela Carlisle." Fiona arrojó los sobres sobre la mesa de su padre. "Tengo que irme, papá. Espero que hayas disfrutado del pastel".

"¿Pastel?" Levantó la cabeza para mirar de nuevo la pantalla en blanco, cogió el mando y empezó a pulsar los botones. "Desearía que alguien viniera a arreglar este maldito televisor. Está estropeada otra vez."

Fiona envolvió la bolsa y la tiró junto con la caja blanca a la basura. Se detuvo en el escritorio. "Mi padre dice que Margo ha estado viniendo a ayudarle. ¿Es eso cierto?"

La cara de Gina palideció ante la pregunta. "La señorita... eh... la señorita Margo viene a la hora de la cena la mayoría de los días", balbuceó. "Si no lo hiciera, su padre no comería." Gina sonrió. "Dice que estamos tratando de envenenarlo".

Fiona se preguntó cuánto le costaría realmente hacer que eso ocurriera.

"Ya veo", dijo Fiona. "Gracias".

Fiona se preguntaba qué estaba pasando. ¿Venía la mujer todos los días a ayudar a su padre por la bondad de su corazón, o lo hacía por un cheque mensual?

Cuando Arthur se comprometió con Shady Rest, Fiona recibió un poder notarial en sus asuntos financieros. Quizás era hora de que fuera al banco y hablara con alguien allí para tomar el control de la cuenta corriente del viejo. También debería ir a St. Agnes y tener una charla con el Padre Jim.

De hecho, no tuvo que hacer el viaje a la iglesia. Fiona se encontró con el sacerdote católico en el vestíbulo de Shady Rest cuando se iba.

"Hola, Fiona", dijo el padre Jim con una brillante sonrisa en su florida cara irlandesa. "¿Vienes a ver a tu padre?"

"En eso estaba", dijo mientras estrechaba la mano del sacerdote. "Él se altera durante las tormentas".

"Como muchos de mis feligreses que residen aquí", dijo con un suspiro. "Trato de pasar a visitarlos en días como éste."

La lluvia se había detenido, pero las nubes pesadas y oscuras continuaban rodando, y los truenos retumbaban en la distancia.

"Supongo que su gran evento será cancelado con la muerte de ese pobre hombre en el pantano." El Padre Jim levantó una tupida ceja roja.

Fiona asintió. "Así parece, pero el editor puede querer seguir adelante de otra manera."

"¿Oh?" dijo el sacerdote.

"Puede que quieran cambiarlo por un evento en memoria del Sr. Lourdes".

"¿En la misma fecha?"

Fiona se encogió de hombros. "No lo sé todavía. Están esperando noticias sobre el hallazgo de su cuerpo."

"Sí, por supuesto. ¿Me avisarás?"

"Tan pronto como el editor de Nueva York me diga lo que planean hacer." Fiona se movió para pasar al hombre del traje negro y el cuello clerical.

La detuvo con una mano en su hombro. "Hace tiempo que no te veo en misa, Fiona. ¿Cuándo fue tu última confesión?"

Fiona tragó mucho antes de responder. "La Iglesia realmente no es para mí, Padre."

"¿Entonces has hecho lo que tu padre siempre temió y te has unido a los DuBois y su círculo impío?"

" Usted ha vivido aquí toda su vida, Padre," Fiona suspiró. "Sabes que los DuBois no son como los Rubidoux."

"La Biblia nos dice que no permitamos que una bruja viva entre nosotros."

"Y sin embargo vives en un pueblo fundado y poblado por brujas."

La boca del sacerdote se abrió. "¿Admitirás que perteneces a un pacto de blasfemos adoradores de Satanás?"

"Practicamos una religión más antigua que el cristianismo y adoramos a una diosa", respondió Fiona con una sonrisa. " Son ustedes, los cristianos, los que le han dado un nombre al mal e invocan su poder cada vez que lo dicen."

El padre Jim se persignó y miró a Fiona. "No me hables de invocar el mal, bruja", siseó. "Pensé que te habíamos enseñado mejor que eso en St. Agnes."

"No", dijo con un guiño y pasó al lado del hombre boquiabierto. "Supongo que sus monjas no me golpearon lo suficiente con sus reglas después de todo." Luego se dio la vuelta. "Y no esperes más cheques de Arthur. Acabo de quitarle su chequera".

Fiona no pudo evitarlo y se rio todo el camino a casa.

CAPÍTULO NUEVE

Un nuevo rollo de carteles y varias cajas de libros llegaron la semana siguiente.

Julia trajo a Melanie de vuelta, y la chica ayudó a Fiona a cambiar todos los carteles y a llenar los estantes.

"Todavía no puedo creer que esté muerto", dijo la chica mientras sostenía a Poppy en sus brazos y miraba la cara sonriente de Lourdes en el nuevo cartel. Era el mismo póster, pero con la adición de una pancarta negra que decía "En memoria de nuestro amigo" en ella y la nueva fecha del evento. "Era un anciano tan agradable y un escritor tan bueno."

"¿Has leído 'El regalo de la duodécima noche'?" Preguntó Fiona.

"Es muy bueno", suspiró la chica. "Habría sido una película mucho mejor que El Reconocimiento". Empezó a pegar el póster en la ventana de la puerta. "¿Ya has leído 'Sombra Nocturna'?"

"Lo estoy leyendo ahora".

"¿No te parece que Pierre es sexy?", preguntó la adolescente. "Ni siquiera me importa que sea gay".

Fiona frunció el ceño y sonrió. "¿Un hombre lobo gay?"

"No siempre fue un hombre lobo, tía Fiona. Una bruja lo hechizó cuando descubrió que estaba enamorado de su mejor amigo, otro hombre". Arrancó un poco de cinta y la pegó en las esquinas del póster. "Se suponía que se casaría con ella", continuó Melanie. "Una de esas cosas familiares arregladas de antaño, ¿sabes?"

"Lo haré si sigues revelando la historia antes de que pueda leerla", regañó Fiona.

"Oh, claro. Lo siento, tía Fi." Las mejillas de Melanie se volvieron rosadas por la vergüenza.

"Estaba pensando en pedir una pizza para la cena. ¿Qué te parece?"

La graciosa adolescente dejó caer al suelo al perro que se retorcía y sonrió. " Hawaiana con extra de queso y extra de piña", dijo.

"Así será". Fiona sacó su teléfono del bolsillo y buscó entre sus contactos el que guardaba para la pizza.

El día había estado lento con sólo unas pocas personas que se detuvieron a ver cómo habían cambiado las cosas con la gran firma de libros. Fiona nunca se había imaginado cuánta gente de la ciudad había invertido en el evento. Los dueños de las tiendas habían planeado ventas especiales para la esperada multitud de forasteros, los restaurantes estaban planeando menús especiales basados en comidas de los libros de Lourdes para el día, y el teatro había programado " El Reconocimiento" para el fin de semana.

Sorprendió a Fiona que tantos otros negocios en Santa Isabel dependieran tanto de su evento como ella. Explicó los cambios y que aún se esperaba una gran participación en el evento. El Sr. Bascombe había enviado una nota escrita a mano en la que le decía a Fiona dónde había colocado la información sobre el homenaje a Lourdes. La lista era extensa e incluía lugares de noticias nacionales, revistas literarias y periódicos de la zona. Le dijo que esperara una multitud y muchas flores.

"Sólo unos pocos días más, tía Fiona", dijo Melanie mientras se preparaban para ir a la cama esa noche.

"Lo sé", suspiró Fiona, "y no puedo esperar a que las cosas vuelvan a la normalidad".

"Volver a lo aburrido, querrás decir", dijo Melanie con una risita.

Estaban sentadas juntas en el balcón disfrutando de la tranquila noche de julio cuando el sonido de los cristales rompiéndose abajo las puso en pie. Poppy corrió hacia la barandilla y empezó a ladrar.

"¿Qué demonios fue eso?" Fiona gritó y se dirigió a la barandilla del final del balcón más cercano a la parte delantera del edificio. Se puso de pie sobre el perro que ladraba y se agarró el cuello.

Melanie abrió las puertas francesas y metió la cabeza en el apartamento. "Viene de abajo, tía Fiona", dijo la chica en un susurro frenético.

Fiona entró corriendo y escuchó los sonidos de vidrios rotos y madera astillada en la tienda de abajo. "Llama al 911", le dijo a Melanie. "Diles que nos están robando".

Mientras la chica marcaba los números y hablaba con la operadora, Fiona se apresuró a entrar en el apartamento y abrió de un tirón la puerta de las escaleras. Escuchó las risas de los hombres y un choque tras otro de las cosas que estaban siendo golpeadas en el suelo.

Fiona se arrastró por la oscura escalera y abrió la puerta. Se asomó para ver a Héctor y sus dos grandes matones en el brillo de las luces nocturnas, tirando libros por el suelo.

Sin pensarlo dos veces, Fiona abrió la puerta de un empujón y salió a la escena de la carnicería. "¿Qué demonios crees que estás haciendo?", exigió. El hedor de la pintura en aerosol llenó la habitación y le picó los ojos a Fiona.

Héctor dio un paso hacia Fiona con una amplia sonrisa en su rostro. "Sólo le estoy mostrando lo que pasará si no paga su deuda con el casino, Sra. Clegg".

"No le debo nada a tu casino", escupió Fiona. "Mi abogado ha llevado ese pedazo de papel a un experto. No es mi firma la que está en él, y él puede probarlo. También ha conseguido una orden judicial para el video de vigilancia de ese casino para probar que nunca puse un pie en él con Elliot en la fecha en que se suponía que esa cosa había sido firmada por mí."

"Debería considerarlo seriamente, señora Clegg". Héctor se desabrochó los pantalones y orinó en una pila de libros de Lourdes. "Las peleas en la corte con abogados y testigos especiales como especialistas en escritura pueden ser mucho más costosas que simplemente pagar su deuda." Se cerró la cremallera de sus pantalones y se rio. "Sin mencionar las continuas pérdidas por pequeñas visitas como esta."

"Sirenas, jefe", dijo uno de los matones y se dirigió a la puerta de cristal destrozada.

"Pague su deuda, Sra. Clegg, o verá más de mí y de mis socios". Pateó a un lado una pila de libros y siguió a los otros dos hombres hasta la puerta.

Fiona tropezó con la basura y encendió las luces. Su corazón se hundió cuando vio la ruina a su alrededor. Las mesas habían sido volteadas y destrozadas, las sillas de madera rotas, y las sillas tapizadas cortadas y su relleno arrancado. Tazas y platillos estaban rotos y su cafetera destruida. El mostrador de cristal de la pastelería estaba hecho pedazos y la comida se tiró por toda la habitación.

"Oh, Dios mío", gritó Melanie cuando bajó las escaleras con Poppy en sus brazos y entró en la habitación. Se agachó para recoger un libro, pero se le cayó. "Alguien se orinó en esto", dijo con el labio rizado de asco.

Un vehículo policial con luces intermitentes se detuvo en el frente, y pronto Charlie y Rex atravesaron la puerta con sus armas desenfundadas.

"¿Qué demonios ha pasado aquí, Fiona?" Charlie preguntó mientras miraba los muebles rotos.

"Fueron esos bastardos de Native Portfolio Recovery", dijo Fiona mientras recogía el marco roto de un cuadro del suelo. "Ese Héctor dijo que volverían si no les pagaba los ciento veinticinco mil dólares que dicen que les debo."

"Esto es una mierda", rugió Rex. "No pueden entrar y destrozar un negocio como este".

"Mira lo que hicieron aquí", llamó Melanie, y Fiona junto con los dos oficiales caminaron por las ruinas hasta la sección de niños de la librería.

Melanie se puso de pie, sosteniendo un peluche en su mano que había sido cortado y el relleno sacado, mirando las paredes.

Líneas de pintura negra en aerosol estropeaban los hermosos murales de hadas, dragones y plantas caprichosas. Fiona se quebró en lágrimas y cayó de rodillas sollozando. La sección de niños había sido su joya de la corona en la tienda, y ahora había sido destruida.

"Nunca podré reparar este lugar antes de este fin de semana", sollozó en los brazos de Charlie. "Elliot y esos bastardos me han arruinado".

"¿Elliot Clegg fue parte de esto?" Rex preguntó.

"Es su maldita deuda lo que me persigue", dijo Fiona y golpeó su puño contra un estante volcado.

Rex sacudió la cabeza. "¿Y tú firmaste una nota para ese bastardo?"

" Claro que no", siseó, "y acabo de hacer que un experto en escritura lo demuestre. Imagino que fue su rubia idiota la que firmó mi nombre, y la estúpida perra ni siquiera lo hizo bien".

"Eso es un delito grave", dijo Charlie, " ella podría pasar un mal rato por eso".

Fiona se sonó la nariz con una servilleta de papel. "Creo que el único momento difícil en el que piensa es en el que Elliot se mete entre sus malditas piernas".

Fiona escuchó a Melanie reírse. La chica cogió los libros y los apiló en una mesa intacta.

"Voy a buscar huellas", dijo Rex y se giró para ir al auto por su equipo, "así que no toquen nada más hasta que termine".

"Y encontraré un trozo de madera para cerrar esa puerta." Charlie puso su brazo alrededor del hombro de Fiona y la abrazó. "Conseguiré fotos de este desastre y un informe que puedes entregar a tu compañía de seguros".

"¿Arrestará a esos hombres?" preguntó Melanie y se dejó caer a un lugar vacío en el suelo.

Charlie se encogió de hombros. "Si podemos identificarlos con las huellas dactilares".

"Vi a ese Héctor", dijo Fiona, "y dejó ADN en una pila de libros en el frente".

"Eww", dijo Melanie y se limpió la mano en sus jeans con la cara retorcida de asco, "¿él es el que se orinó en los libros?"

"Sí", suspiró Fiona, "y le vi hacerlo".

"Eww", dijo Melanie otra vez.

"¿Por qué no subes y te duchas, Mel? Parece que voy a estar aquí abajo un rato con Charlie y Rex". Fiona respiró profundamente mientras miraba a su alrededor la devastación. "Empezaremos con este desastre por la mañana".

"¿Estás segura, tía Fiona?"

"Sí", suspiró, "vete a la cama". Me levantaré tan pronto como los chicos terminen con lo que tienen que hacer aquí abajo esta noche".

"Muy bien", dijo Melanie mientras llamaba a Poppy y se abría camino en el caos. Se inclinó y besó la parte superior de la cabeza de su tía. "Limpiaremos todo esto mañana, tía Fiona. Ya lo verás."

Fiona cogió una copia de "Los niños del vagón de carga" y se la agarró al pecho. Las lágrimas brotaron de sus ojos y se deslizaron por sus mejillas. ¿Cómo iban a limpiar este desastre antes del fin de semana? ¿Cómo iba a reemplazar el equipo roto y la mercancía destruida antes del gran evento? Fiona miró los murales, puso sus rodillas sobre su pecho, apoyó su cara en ellas y sollozó desesperada.

Charlie encontró a Fiona acurrucada en una bola, sollozando después de haber asegurado la puerta y escrito su informe. Se arrodilló junto a la mujer, la levantó en sus brazos y la sostuvo.

"Todo va a estar bien, Fi", le susurró a su cabello. "Ya lo verás".

Fiona levantó su cabeza y se encontró con sus ojos. "Todo lo que veo es la ruina", sollozó. "Todo por lo que he trabajado aquí está arruinado".

Charlie puso en pie a la temblorosa mujer. "Todo se verá mejor por la mañana después de que hayas dormido bien, Fiona."

Fiona resopló y se limpió la cara en el pañuelo que Charlie le dio.

"¿Por qué? ¿Van a venir los elfos de la librería a arreglar este desastre de la noche a la mañana?"

El gran oficial caminó con ella en sus brazos a través de los escombros y subió las escaleras. Abrió la puerta del apartamento de Fiona y caminó con ella por el resplandor de la luz sobre la estufa hasta la cama donde Melanie ya dormía, envuelta en una manta ligera. Poppy se puso de pie y empezó a gruñir. Fiona hizo callar al perro con una palabra severa, y saltó sobre Melanie para acurrucarse contra su vientre.

Charlie se rio mientras miraba al perrito que lo miraba por encima del costado de Melanie. "Parece que tienen un perro guardián para protegerlas a las dos hasta que yo regrese. Duerme un poco, Fi", dijo, la envolvió en sus brazos y la besó suavemente en los labios. "Volveré cuando termine mi turno para ayudarte a limpiar abajo. ¿Dónde están tus llaves?"

"En el mostrador junto a la estufa", susurró mientras tomaba su mano. "Gracias, Charlie". Ella lo besó de nuevo. "Por todo".

Charlie le sonrió. "Este es un buen lugar, Fi", dijo mientras miraba el acogedor apartamento. "Es la primera vez que vengo aquí desde que lo arreglaste".

"Buenas noches, Charlie", dijo y se dejó caer en la cama, con los ojos rojos y palpitando por las lágrimas.

"Buenas noches, Fi", dijo él mientras recogía sus llaves. "Voy a cerrar y traerlas de vuelta por la mañana."

Charlie salió del apartamento, y Fiona se estiró en la cama completamente vestida.

"Te dije que quería besarte", murmuró Melanie en la oscuridad.

Fiona sonrió. "Y te dije que ya lo había hecho".

"Asqueroso", murmuró Melanie. "No tan asqueroso como el pis de esos libros, pero aun así asqueroso".

Fiona sonrió ante las palabras del adolescente, cerró los ojos y escuchó a los hombres de abajo. Hizo interminables listas de cosas que no sabía cómo iba a lograr y se quedó dormida después de oír que los coches de los hombres salían del lote de grava.

CAPÍTULO DIEZ

Fiona se despertó con el sonido de las voces en su apartamento y el aroma del café.

Sorprendida, Fiona se sentó y encontró las puertas francesas abiertas de par en par y una brisa con aroma a mimosa que soplaba para agitar los visillos blancos. Se deslizó de la cama y se arrastró hasta el balcón. Kelly y Julia se sentaron con Ruby y Melanie en los muebles de mimbre con tazas en sus manos.

"¿Qué hacen aquí tan temprano? El sol aún no ha salido del todo".

"Claro que sí", dijo Julia mientras estaba de pie. "En algún lugar". Hizo un gesto hacia una silla vacía. "Siéntate mientras te traigo una taza de café".

"Yo las llamé", dijo Melanie desde su lugar en el suelo. "Espero que no te importe".

Fiona se volvió hacia Ruby. "Debí haberte llamado anoche cuando esto sucedió, tía Ruby." Se pasó una mano por su cabello enredado. "Entiendo completamente si quieres llevarla a casa donde estará a salvo de mis problemas."

Fiona escuchó un vehículo entrar en el estacionamiento de grava, puertas cerrándose de golpe, y hombres hablando.

"¿Quién más está aquí?" preguntó ella, girando la cabeza para mirar la barandilla de encaje negro del balcón.

Julia se rio mientras ponía una taza de café en la mano de Fiona. "Quién no está aquí sería la mejor pregunta".

"El nombre DuBois aún tiene peso en esta ciudad", dijo Ruby, "y cuando uno de nosotros está necesitado, nos reunimos como una familia, incluso la familia lejana".

"Charlie también llamó a un montón de gente", añadió Melanie. "Hay un tipo de la vidriería abajo arreglando la puerta y otro arreglando la pastelera".

"La Srta. Penny traía café fresco hoy de todos modos", dijo Fiona y tomó un trago de café, "pero voy a necesitar una nueva cafetera".

"Sí", dijo Kelly con una sonrisa, "esos tipos realmente hicieron un número con la abajo".

Fiona escuchó una sierra eléctrica que atravesaba la madera. "¿Un carpintero también?"

"Alguien tuvo que reconstruir las mesas y los estantes", dijo Kelly, "y mi marido es bastante bueno con las manos".

"Y llamé a Raquel", dijo Julia, "ella vendrá más tarde a trabajar en las pinturas del área de los niños".

Lágrimas de gratitud inundaron los ojos de Fiona. "No sé qué decir."

El celular de Fiona sonó con una llamada.

"Te traeré tu teléfono", dijo Melanie y se puso de pie. "Probablemente sea ese Sr. Bascombe otra vez. Ya ha llamado como una docena de veces esta mañana".

"¿Bascombe?" Ruby preguntó con el ceño fruncido.

" El publicista de Lourdes de Nueva York", dijo Fiona, girando los ojos. "El hombre nunca puede recordar la diferencia de tiempo entre aquí y allá."

A Ruby le temblaba la mano al recoger su taza. "Oh, Dios", murmuró con una voz suave.

"Es él otra vez", dijo Melanie mientras se abría de nuevo al balcón y le daba el teléfono a Fiona.

Fiona pulsó el botón para contestar la llamada y se puso el teléfono en la oreja. "Buenos días, Sr. Bascombe."

"Me alegro de que finalmente haya respondido, señora DuBois. Espero que no le falte nada allí."

Eso sería un eufemismo, pero Fiona no tenía intención de hablar de sus problemas personales por teléfono con Bascombe. "Tarde en la noche", dijo. "¿Qué puedo hacer por usted esta mañana, Sr. Bascombe?"

Escuchó a Bascombe exhalar teatralmente. "No para mí, señora, sino para Hardscape. Están desesperados por la transcripción final del último manuscrito de Marcus, y usted es la única persona en la que puedo pensar para ayudar."

"Ya le dije a ese insufrible Davis que no sabía dónde vivía Lourdes, Sr. Bascombe."

"¿Y todavía no lo sabe?"

Fiona echó un vistazo a su tía. "Podría tener una idea", admitió.

"Oh, gracias, señora", dijo Bascombe con otro largo suspiro. "Le daría mi primogénito para quitarme de encima a ese horrible editor".

Fiona sonrió. "Eso no será necesario", dijo. "Pero estoy bastante ocupada aquí ahora mismo, preparándome para el memorial del Sr. Lourdes".

"Le ruego, Sra. DuBois, si hay alguna manera de que usted pueda, por favor tome unos minutos de su apretada agenda para salvarme de esta deplorable y fastidiosa criatura", suplicó Bascombe.

"Veré lo que puedo hacer", Fiona finalmente cedió.

"Oh, gracias, señora. Davis estaba teniendo ataques de que usted no respondía a sus llamadas."

"Bloqueé su maldito número".

Bascombe se rio. "Le consideraba una mujer inteligente, Madam DuBois. Avíseme si encuentra el manuscrito perdido de Marcus." Bascombe se desconectó.

Charlie, vestido con jeans y una camiseta manchada de polvo, se unió a las mujeres en el balcón. "¿Cómo te sientes, Fiona?" preguntó, y luego se inclinó y le besó la parte superior de la cabeza.

Fiona levantó la vista para ver la cara de Melanie retorcerse en una sonrisa mientras le daba un codazo a Kelly y le susurraba algo al oído. Kelly sonrió y le guiñó un ojo a Fiona.

"Entonces, ¿qué quería el Sr. Bascombe esta mañana?" Melanie preguntó. "¿Va a enviar más carteles y libros?"

Fiona sonrió. "Creo que todavía tenemos mucho de ambos", dijo y vació su taza. "Quiere que vaya a la casa de Lourdes y busque el manuscrito en el que estaba trabajando."

"¿Sabes dónde vivía Lourdes?" dijo Charlie con la frente levantada. "Ninguno de nosotros en la estación pudo averiguarlo".

"¿Sabes dónde está esa vieja casa de fiestas en el pantano?" Ruby preguntó.

Los ojos de Charlie se abrieron mucho. "¿La casa embrujada de Roogie?"

"Esa sería la única", dijo Ruby. "Es la antigua propiedad de la familia Lourdes de cuando las familias originales se mudaron aquí desde Canadá."

Charlie silbó. "Eso fue hace mucho tiempo."

"Al mismo tiempo que los DuBois, los Rubidoux, y... otros", dijo con un desasosiego que Fiona no pudo precisar.

"¿Su familia estaba mezclada con... eh... cosas de brujas, también?" preguntó Charlie sin enfocarse en ninguna mujer en particular.

Melanie se rio. "Será mejor que tengas cuidado haciendo preguntas como esa, Charlie. Aprendemos ese hechizo de sapo muy pronto en nuestro entrenamiento".

El vació su taza y tomó la de Fiona de su mano. "Voy a buscar recargas", dijo y huyó al apartamento con las risas de las mujeres que le seguían.

"No te preocupes, Charlie", dijo Melanie, "Estoy segura de que la tía Fiona te besaría para romper el hechizo y volverte a la vida".

Ruby le dio una palmada en la rodilla a su nieta. "Eres una niña insoportable".

Charlie regresó y le dio a Fiona una nueva taza de café. "¿Es eso cierto?" preguntó mientras se arrodillaba junto a la silla de Fiona. "¿Me besarías si fuera un sapo para romper un hechizo?"

Fiona sonrió, tocó la mejilla bronceada del hombre, se inclinó sobre el brazo de mimbre de la silla y le dio un beso en los labios. Se retiró hacia los oohs y ahhs de las otras mujeres. "¿Eso responde a tu pregunta?"

Charlie se puso de pie abruptamente con una sonrisa infantil en su cara. "Parece que el trabajo de abajo está bien hecho", dijo. "¿Qué tal si corro a casa y cojo mi barco? Podemos ir a esa vieja casa y ver qué podemos encontrar".

"Suena divertido", bromeó Melanie.

Ruby agarró la mano de la chica. "Te quedarás aquí conmigo, jovencita. Necesitamos a alguien que supervise y que sepa a dónde va cada cosa".

"Aww, abuela", Melanie se quejó, "Me perderé toda la diversión".

Fiona se duchó y se cambió mientras Charlie iba por su bote. Ella, Julia y Kelly se amontonaron en la patrulla de su parroquia y se dirigieron por el asfalto a lo largo del pantano al este de la ciudad. Él frenó cerca del lugar donde había recogido a Fiona la noche que oyó el chillido de la pantera.

Charlie sacó el remolque del barco de la carretera y lo metió en el pantano. "Este era el camino que solía llevar a la Casa de Roogie", dijo, "pero está inundado desde que la isla se hundió, y dudo que vuelva a estar seco".

"¿La casa también se inundará?" preguntó Kelly mientras Charlie la ayudaba a subir al ancho barco de tres cascos.

"No necesariamente", dijo, "la mayoría de esos viejos lugares fueron construidos sobre cimientos altos contra las inundaciones".

"Eso tiene sentido", dijo y se acomodó en una posición cómoda.

Charlie encendió el motor fuera de borda. "Aquí vamos", dijo mientras el barco se deslizaba por el agua salobre por un amplio espacio sin árboles que una vez fue una carretera.

El musgo colgaba de las ramas de los altos cipreses y revoloteaba en la cálida brisa de julio como tantos fantasmas revoloteando por las ramas. Una garza azul gigante se paró en lo profundo del agua y los ignoró mientras avanzaban. Las telarañas de las grandes arañas negras y amarillas del pantano colgaban por todas partes, esperando atrapar a las multitudes de insectos voladores que zumbaban a la sombra de los enormes y antiguos árboles.

Fiona respiraba los olores del pantano. El exótico aroma del jazmín se mezclaba con el aroma estancado del follaje en descomposición. Los aromas de los ciclos de la vida.

Les llevó veinte minutos ver por primera vez la vieja casa a través de los árboles.

"Por la diosa", exclamó Kelly cuando vio la enorme estructura que se elevaba del agua, su descolorido revestimiento verde con musgo y moho. Una amplia escalera conducía a un porche, que soportaba un tercer piso coronado por un techo de buhardilla y rieles de hierro oxidados.

"Este es el lugar más espeluznante que he visto en ninguna película de terror", dijo Kelly con un suspiro.

"Creo que es hermoso", dijo Fiona mientras miraba las ventanas del piso al techo bordeadas por persianas de tormenta que habían perdido su pintura hace décadas. "Esto debe haber sido un lugar de espectáculo en el pasado."

Charlie subió el bote a los escalones y lo aseguró a la barandilla. "Ahora, señoras, tengan cuidado con los escalones", advirtió. "Entre las termitas y la podredumbre del pantano, los pisos pueden ser débiles." Salió del barco a un escalón seco y ayudó a cada una de las mujeres a salir. "Dudo que Lourdes viviera aquí", dijo.

"No lo sé", dijo Julia y señaló un cable eléctrico que venía de un poste a la casa.

Charlie señaló un cartel amarillo de "No entrar". "La municipalidad ha clausurado este lugar una docena de veces a lo largo de los años", dijo, "pero de alguna manera las tablas se siguen cayendo". Giró el picaporte y empujó la puerta para abrirla.

"Los chicos buscan un lugar para festejar y besarse", dijo Kelly al entrar.

Fiona siguió a su joven prima y arrugó su nariz por el hedor del moho y la podredumbre. El papel pintado que una vez había sido vibrante de color estaba rayado de negro y burbujeaba en las paredes. La madera del suelo estaba deformada por la humedad, y Charlie les advirtió de nuevo que tuvieran cuidado con sus pasos.

" Miren estos muebles". Exclamó Julia, y todos comenzaron a examinar las sillas, mesas y estanterías de la sala. "Estas cosas tienen que valer una fortuna en un mercado de antigüedades."

"Lástima que se esté pudriendo en el maldito pantano", dijo Charlie. "Vamos a subir las escaleras donde puede estar más seco."

Fiona siguió a Charlie por las escaleras mientras que Julia y Kelly continuaron por la planta baja.

"Esto todavía se siente fuerte", dijo Charlie y sacudió la pesada baranda de caoba, "pero aun así ten cuidado con tus pasos, Fiona".

Fiona siguió a un antiguo corredor oriental por el pasillo. Vio un brillo azul familiar y sintió en la pared un interruptor de luz. Encontró uno y lo encendió. Una lámpara de techo iluminó un estudio bien equipado. Fue al pulido escritorio del siglo XVIII y encontró una computadora portátil.

"Supongo que aquí es donde estaba viviendo después de todo", dijo.

"Maldición", escuchó a decir a Charlie y se giró para verlo mirando algo encima de una enorme chimenea.

Fiona caminó a su lado y vio el retrato de una mujer. Llevaba la ropa de una aristócrata del siglo XVIII con su pelo rojo amontonado y enrollado en la parte superior de su cabeza como María Antonieta con rizos de plátano colgando sobre un hombro.

"Se parece a ti, Fiona", murmuró Charlie.

"No se parece", protestó Fiona mientras estudiaba el retrato. "No puede tener más de veinte o veinticinco años."

"Una tú más joven, claro", dijo mientras continuaba mirando a la mujer del cuadro, "pero igual a ti".

Fiona escuchó pasos en el pasillo. "Estamos aquí", dijo ella.

"Este lugar es una mina de oro", dijo Julia mientras ella y Kelly entraban en la habitación. "Alguien debería contactar con la familia de Lourdes para limpiarlo antes de que se arruine".

"El Sr. Bascombe dijo que no le quedaba familia", dijo Fiona con un suspiro. "Lourdes me dijo que su esposa murió en el parto hace mucho tiempo con el bebé."

"Entonces el lugar está a la venta", dijo Charlie y alcanzó el retrato. "Esta cosa debería ir y colgarse en tu tienda, Fiona. Podrías ser tú."

Julia y Kelly se apresuraron a estudiar el retrato. "Se parece un poco a ti, tía Fiona", dijo Kelly mientras apartaba la mano de Charlie para tocar el cuadro. Cerró los ojos.

"Está canalizando", le susurró Fiona a Charlie.

"¿Cosas de brujas?" preguntó él en voz baja.

Fiona sonrió. "Sí, cosas de brujas".

Se alejó con los ojos bien abiertos. "Oh".

Kelly abrió los ojos con un jadeo.

"¿Qué has conseguido, Kelly?" Julia preguntó.

"Ella dijo que lo tomara", murmuró Kelly. "Ella dijo que lo tomara todo o se perdería muy pronto."

Charlie levantó el retrato de la pared. "Eso es suficiente para mí", dijo. "Carguemos el bote antes de que los carroñeros empiecen a aparecer para saquear el lugar".

"Esta ha sido una casa de fiestas durante años", dijo Fiona, "¿por qué no crees que ha sido saqueada antes de ahora?"

Kelly sonrió y asintió con la cabeza al retrato. "Ella no los dejaría". Fiona recordaba las historias de que este lugar estaba embrujado.

"O Lourdes no lo haría", dijo Fiona.

"¿Lourdes?" Charlie dijo que con su cara arruinada por la confusión.

"Ha estado viviendo aquí y..."

"Y es un vampiro", interrumpió Julia a Fiona.

"¿Un vampiro?" Charlie dijo con una sonrisa incrédula. "Eso es una tontería ridícula".

"Era su esposa", dijo Kelly, asintiendo con la cabeza al cuadro, "y era una bruja de Rubidoux del más alto nivel". Se volvió hacia Fiona. "Se llamaba Annabella, y dijo que deberías tener las cosas de esta casa, Fiona, porque tú también eres una Rubidoux, y una de las últimas de su sangre."

"Ya he oído suficiente de esta mierda de los vampiros", dijo Charlie. "Carguemos lo que podamos en el bote, llevémoslo a tu casa, y luego Rex y yo regresaremos por el resto". Sonrió al cuadro. "Si la dama fantasma de aquí nos deja, eso es".

"Te dejará", dijo Julia con un suspiro. "Ella ha liberado su control sobre este lugar".

"Vamos a ello entonces", dijo Charlie, y empezaron a recoger esto y aquello para llevarlo al barco.

Fiona mantuvo la computadora portátil bien agarrada, deseosa de leer el manuscrito de Lourdes. Pasaron dos horas revisando la casa, escogiendo cosas para ir a casa de Fiona en el primer viaje y cargándolas en el barco. Se movieron lentamente en su camino de regreso al vehículo de Charlie, y él les dijo que traería su camión y el de Rex para la siguiente carga de muebles.

"Deberías poner esto", dijo Charlie, acariciando el cuadro de Annabella, "y el escritorio y la silla del viejo en la tienda como una exhibición central para tu evento, Fi, pero yo no lanzaría esa historia de vampiros si fuera tú".

"Probablemente tengas razón", dijo con un guiño a sus primas más jóvenes.

Cuando volvieron a la tienda y descargaron el barco, Charlie y Rex volvieron por otra carga.

Fiona entró para encontrar su tienda de nuevo en una apariencia de orden. Las mesas y sillas habían sido reparadas o reemplazadas. El vidrio de la puerta fue reemplazado y su pastelera volvió a la normalidad y se llenó con los dulces de la Srta. Penny. El lugar había sido limpiado, y las mesas de exhibición se llenaron de nuevo con las novelas de Marcus Lourdes. Los carteles colgaron de nuevo, y Fiona sonrió al autor desaparecido.

El aliento de Fiona se le quedó en la garganta y las lágrimas le picaron los ojos cuando entró en la sección infantil para encontrar a Raquel Clairvoux en una escalera con un pincel en la mano, pintando las rayas negras que uno de los matones de Héctor había rociado sobre su obra original.

"Es hermoso de nuevo", sollozó Fiona mientras miraba los murales restaurados.

"Feliz de hacerlo", dijo la joven mientras bajaba de la escalera. Asintió con la cabeza a una escena en la esquina que acababa de pintar. Eran las caricaturas de tres niños indios con plumas y trenzas con sus taparrabos sobre sus traseros rojos mientras eran azotados por una bonita bruja con su escoba.

"Oh, me encanta", Fiona jadeó de alegría. "Es perfecto.

Raquel sonrió. "Me pareció apropiado".

"Espero que él haya prestado atención a lo que queríamos", dijo Julia.

Ruby quedó hipnotizada por el cuadro y la historia que Kelly contó sobre la mujer.

"¿No decía ese viejo libro tuyo", le preguntó Melanie a su abuela, "que Lourdes se iba a casar con una chica DuBois después de que su esposa muriera?"

"Eso es lo que decía".

"Entonces, ¿quién le echó la maldición de los vampiros?", preguntó la adolescente.

CAPÍTULO ONCE

El Pan de Vida abrió como de costumbre sólo dos días después del vandalismo de Héctor y sus matones.

"Este lugar luce mejor que nunca, Fiona", dijo Charlie cuando Fiona llenó su copa.

Las cómodas sillas de lectura destruidas por los hombres de Native Portfolio Recovery habían sido reemplazadas por piezas de la casa de Lourdes en el pantano, y su escritorio ahora estaba contra la pared que dividía la librería y la cafetería con el retrato de Annabella mirando hacia la tienda. Todos comentaron lo mucho que la joven del cuadro se parecía a Fiona.

Fiona imprimió la foto de Mark Lord y Jonathan Frid de la fiesta de Sombras Tenebrosas en 1969, la enmarcó y la colocó en el escritorio. Se preguntó si alguien se daría cuenta.

La computadora portátil de Lourdes también adornaba el escritorio. Ella y Ruby habían leído su nuevo manuscrito. Contaba la historia de un hombre obsesionado con su poder y obsesionado con una mujer.

"Se trata del hombre que construyó la isla de Rubidoux, ¿no es así?" Fiona le había preguntado a su tía.

"Ciertamente lo parece. Lourdes estaba escribiendo una historia mordaz sobre los Rubidoux y su eventual fallecimiento, pero no la terminó", dijo Ruby con un suspiro. "Todo parece terminar cuando Lourdes se convirtió en Señor y empezó a escribir para Sombras Tenebrosas."

Fiona sonrió. "Está bien, sabemos cómo termina".

"¿Notaste todas sus referencias en los márgenes de las notas de los diarios? ¿Encontraste revistas en su estudio?" Preguntó Ruby.

Fiona agitó la cabeza. "Había muchos libros viejos en los estantes de la habitación que Charlie y Rex no se molestaron en traer con ellos." Se encogió de hombros y se frotó los ojos cansados. "Supongo que podrían haber estado entre esos."

"Tenemos que volver a esa casa y encontrarlos", dijo la anciana en tono desesperado. "Podrían contener información importante de Rubidoux que nunca hemos oído antes."

Fiona levantó una ceja. "¿Pero no copiaron Kelly y tú esos diarios de Rubidoux que les dio Delphi De LaCroix?"

"Sí", respondió Ruby, "pero siempre es bueno tener información desde otro punto de vista". Ruby respiró profundamente. "Si Lourdes es lo que creemos que es, entonces tiene información de primera mano sobre los Rubidoux y el Black Bayou, que se remonta a décadas y siglos atrás. Sus diarios podrían ser piezas de información invaluables que no podemos permitirnos perder en el pantano."

Fiona apretó la mano de su tía. "Volveremos a salir mañana, pero por ahora, ambas necesitamos dormir un poco para recargar nuestras baterías."

Julia llevó a Ruby a casa y prometió volver al día siguiente con un camión y un barco para otra expedición de búsqueda de tesoros.

"Todo el mundo hizo un trabajo increíble al volver a montar este lugar para mí". dijo Fiona con emoción. "Realmente pensé que estaba acabada por aquí".

Charlie tomó su mano. "Todos en Santa Elizabeth te aman, Fi".

Rex sonrió. "Algunos más que otros, parece."

Melanie, con el pequeño perro anaranjado a sus pies, llegó de la zona de la librería donde había estado reorganizando los libros en los estantes. Se detuvo frente al escritorio de Lourdes, se dejó caer en la silla del club, y miró el retrato en la pared.

"No puedo creer lo mucho que se parece a ti, tía Fiona. Deberías hacerte un vestido como ése y arreglarte el pelo así para el funeral".

Fiona se rio. "Dudo que las chicas de Barb's Bobs estén dispuestas a intentar reproducir un estilo del siglo XVIII como ése".

"Bueno, al menos hazte el vestido", insistió Melanie.

"Como si mis caderas necesitaran parecer más anchas de lo que ya están." Le sonrió a su sobrina. "Esas malditas faldas de farol tienen unos dos metros de ancho."

Rex vació su copa y se puso de pie. "Es hora de hacer nuestra salida, amigo. Si van a empezar a hablar de peinados y vestidos, me voy de aquí."

"Estoy de acuerdo contigo", dijo Charlie con una sonrisa y se volvió hacia Fiona. "¿Así que el gran espectáculo sigue según lo planeado?"

"Gracias a todos ustedes", dijo ella y le plantó un beso en la mejilla, con el aroma de Old Spice llenando su nariz.

"Oh, qué asco", gimió Melanie desde el otro lado de la habitación.

"Estoy de acuerdo contigo, niña", dijo Rex mientras arrastraba a Charlie hacia la puerta. "Las veremos esta tarde, señoras. Tenemos que asegurarnos de que el pueblo esté preparado para esa gran tormenta que dicen que se arrastra por el Golfo hoy".

"¿Gran tormenta?" Preguntó Fiona.

"Debería llegar esta tarde", dijo Charlie, "con una fuerte lluvia y un viento fuerte".

Fiona giró los ojos. "Justo lo que necesitamos".

Los oficiales se fueron, y Julia con su esposo, Kelly con su esposo, la tía Ruby, y Benny entraron. Benny se dirigió a la pastelería. Melanie preparó dos frambuesas danesas para su hermano pequeño y le sirvió un vaso de leche.

"Me gusta tu nueva foto, tía Fiona", dijo el chico mientras miraba el retrato, "pero la señora con el bebé dice que es ella y no tú".

"¿La señora con el bebé?" Fiona murmuró y se esforzó por ver lo que Benny estaba viendo.

"Es un médium fuerte, Fi", susurró Kelly. "Annabella y su hijo vinieron aquí junto con el cuadro."

Ruby jadeó. "Pero ¿cómo puede ser eso?"

Benny comenzó a reírse. "Annabella dice que es fácil liberar el espíritu del lugar donde murieron." Su rostro pecoso se iluminó con una amplia sonrisa. "Voy a decirle al abuelo y a mamá y papá cómo hacerlo para que podamos estar todos juntos de nuevo."

"Genial", gruñó Ruby, "ahora tengo a una bruja Rubidoux muerta como mentora de mi nieto".

Fiona sonrió a su tía. "Tener un fantasma con conocimiento del pasado podría ser incluso más informativo que los diarios de Lourdes".

La boca de Ruby se abrió. "Nunca había pensado en eso", murmuró y dio un paso hacia su nieto y el retrato. "¿Pueden verla, chicas?" Ruby forzó sus ojos. "No puedo".

"Ya sabes cómo funciona esto, tía Ruby", le dijo Kelly a su tía. "Ella se mostrará a ti cuando esté lista." Kelly levantó la cabeza y frunció el ceño. "Annabella dice que tenemos que salir de la casa pronto." Se volvió hacia Fiona. "Dice que encontrarás lo que buscas en el ático del porche, y que hay cosas en los baúles que te pueden gustar." Kelly sonrió y se frotó la barriga. "Ella dice que debería llevar las cosas del bebé para mi hijo también, ya que el suyo ya no las necesita..."

"¿Un varón?", preguntó su marido Dylan con una amplia sonrisa en la cara. "¿Es un varón?"

"Eso dice ella". La rubia bonita asintió con la cabeza y se dejó caer en una silla. "Pero estoy demasiado embarazada para hacer otro viaje a esa casa y subir las escaleras de un ático. ¿Me grabas el lugar con tu teléfono, cariño?" le pidió a Dylan. "Me gustaría usarlo para un episodio del programa de la próxima temporada".

Él frunció el ceño a su esposa. "Siempre estás trabajando, Kel. ¿No puedes al menos tomarte un tiempo para tener nuestro hijo?"

Kelly sonrió y dio una palmadita en el brazo de la silla. "No estoy de pie". Le guiñó un ojo azul brillante a Fiona. "Me sentaré aquí y charlaré con mi nueva amiga Annabella para que me ponga al tanto mientras ustedes vacían el ático de la casa de Lourdes".

Dylan sacudió la cabeza. "Siempre trabajando, incluso cuando no lo hace".

Dejaron a Kelly en la tienda con Melanie y Benny y llevaron los barcos de vuelta a través del sofocante y misteriosamente tranquilo pantano a la mansión de Lourdes. El cielo oscuro, cargado de nubes cuando la nueva tormenta rodó hacia el pantano, preocupó a Fiona. El viento y la lluvia no serían buenos para el viejo edificio ni para su próximo evento. Vio a Dylan sacar su teléfono móvil, cambiarlo a modo de vídeo y comenzar a grabar su acercamiento a la otrora regia pero ahora podrida mansión.

Ruby agarró la mano de Fiona. "Siento algo siniestro aquí", susurró mientras los hombres ataban los botes a las barandillas a ambos lados de la amplia escalera. "¿Tú también lo sientes, querida?"

Fiona extendió sus sentidos como había estado practicando con Melanie casi todas las noches. Su aliento se quedó atrapado en su garganta cuando tocó una oscuridad desconocida, enviando un escalofrío helado por su columna vertebral. "Sí", murmuró Fiona. "Tenemos que hacer esto lo más rápido posible y alejarnos de esta maldita casa". Fiona apretó la temblorosa mano de Ruby. "Tengo la clara impresión de que no nos quieren aquí."

"¿No dijo Kelly que la bruja Rubidoux había levantado sus guardas en este lugar?" Julia preguntó mientras su marido la ayudaba a salir del barco y a subir los escalones empapados de agua.

"Sea lo que sea esto", dijo Ruby, "no es Annabella Rubidoux. Es energía masculina, no femenina".

"Muy bien, señoritas", dijo Dylan y ofreció su mano a Ruby, "pongamos este espectáculo en marcha".

Se abrieron camino hacia el interior, y Fiona se sorprendió al ver el espacio vacío dejado por Charlie y Rex.

"Esto debe haber sido tan elegante en su día", Ruby jadeó mientras estudiaba el papel pelado y las cortinas enmohecidas.

"Ahora parece un pedazo de mierda que se está cayendo", murmuró Dylan mientras filmaba el espacio.

Julia se dirigió hacia el comedor. "Eso es lo que pensé", dijo. "No se molestaron con nada de esto". Asintió con la cabeza al contenido de un amplio armario de porcelana, cuyo revestimiento de madera de palo de rosa se despegó después de siglos de exposición al ambiente húmedo del pantano.

Abrió una de las puertas de cristal y sacó una delicada taza de porcelana. "Esta cosa debe valer una fortuna", jadeó mientras estudiaba los brillantes colores del diseño, "y esos dos idiotas la dejaron aquí tirada".

Ruby sonrió. "¿Qué esperas de los hombres, querida?"

Julia sacudió su cabeza pelirroja. "Voy a buscar una caja para poner todo esto. Se verá muy bien en tu tienda, tía Fiona, y debe haber un lugar para una docena aquí junto con un servicio completo de café y té." Se dirigió hacia la cocina con su marido, Dalton, siguiéndola de cerca.

"Vamos a buscar esos diarios", dijo Ruby y se dirigió hacia las escaleras.

"Quiero echar un vistazo a todos esos libros antiguos de su oficina también", dijo Fiona. "Si hay primeras ediciones de títulos notables, podrían costar un buen centavo en una subasta."

"No tiene sentido dejar que se sienten aquí y se pudran", aceptó Ruby. "Me pregunto si tiene una primera edición de Drácula."

Fiona no pudo evitar reírse.

"Cuidado con el escalón", advirtió Dylan mientras subían las escaleras hacia el ático. "Esta área parece un poco menos segura que el piso de abajo". Accionó un interruptor, y una bombilla se encendió. Quitó una gruesa capa de polvo de una cuna decorada. "Supongo que esto es de lo que hablaba el nuevo amigo fantasma de Kelly".

"Es ciertamente una pieza hermosa", dijo Ruby con un profundo suspiro mientras pasaba una mano sobre las intrincadas tallas.

Fiona se estremeció cuando algo se deslizó por el suelo a través del polvo. "Parece que los bichos también han encontrado este lugar". Usaba su pie para apartar a un lado los excrementos de rata o zarigüeya antes de doblarse para abrir un baúl con tapa de barril. Dentro encontró una encantadora ropa de cama de seda para la cuna y vestidos de bebé de la época. "Estos van con la cuna", le dijo a Dylan. Él filmó el contenido.

Se quitó su gorra marrón de St. Martin's Parish y se pasó la mano por su frente sudorosa mientras miraba los baúles. "Será mejor que me ponga a llevar todo esto al barco".

En otro baúl más pequeño, Fiona encontró los diarios de Lourdes encuadernados en cuero. "Esto es lo que te interesa, tía Ruby. Debe haber más de una docena aquí."

"No puedo esperar a empezar". La anciana sonrió mientras se apoyaba en su bastón y estudiaba una de las páginas quebradizas.

"Quién sabe", dijo Fiona, "tal vez haya un libro de Mago del Pantano ahí para acompañar a tu Bruja del Pantano".

Ruby resopló. "Por lo que he leído del manuscrito", dijo, "creo que Lourdes se me adelantó".

Durante la siguiente hora, Fiona y Ruby revisaron los muchos baúles guardados en el ático. Encontraron ropa de cama y cortinas antiguas, almacenadas con bolas de alcanfor para salvaguardarlas de las plagas, más diarios que parecían ser libros de cuentas de la finca, un baúl lleno de piezas de plata para servir envueltas cuidadosamente en algodón bordado, y cristalería tan cuidadosamente protegida.

"Creo que estos son los baúles destinados a ti, Fiona", dijo Ruby mientras levantaba una suave prenda verde del baúl a sus pies. El vestido era viejo, del estilo usado en el siglo XVIII, pero había estado guardado y parecía como si acabara de ser hecho.

Fiona tomó la delicada prenda y se la sujetó. "Parece que incluso podría quedarme bien", dijo.

Ruby se rio. "Tendrás que esconder esto de Mel o la chica querrá estar jugando a disfrazarse todo el día".

Fiona se giró con el vestido sujeto a su cintura. "Hace que uno se sienta un poco como una princesa".

Dylan entró en la habitación. "El viento está aumentando, señoras", dijo con el ceño fruncido, "y los botes están lo suficientemente llenos, así que mejor nos vamos de aquí antes de que la tormenta nos golpee con toda su fuerza".

"Necesitamos estos dos últimos baúles", dijo Ruby. "Estas ropas valdrían una fortuna para un coleccionista o un museo".

Dylan giró sus ojos color avellana. "Jules acaba de empacar los últimos libros de Lourdes de su biblioteca, pero creo que puedo acomodarlos." Él agarró uno de los baúles mientras Fiona doblaba el vestido en el otro. "Pero puede que tengan que volver a los camiones con algo en sus regazos."

Los dos barcos se alejaron de la casa grande y vieja. Los truenos retumbaban en el aire, y la lluvia comenzó a bajar a través de los cipreses azotados por el viento.

"Manténgase alejado de esa vieja línea eléctrica", llamó Dylan a Dalton en el otro barco cuando un rayo golpeó uno de los enormes cipreses junto a la mansión. Todos se volvieron a mirar horrorizados como una rama se soltó y cayó sobre el techo de la vieja casa.

"Oh, Dios mío", Ruby jadeó cuando la habitación del ático en la que acababan de estar se derrumbó sobre sí misma y el resto de la mansión siguió como un castillo de naipes derribado desde arriba.

Los dos barcos se balancearon y se balancearon cuando el agua del pantano que los rodeaba bullía con el colapso de la vieja casa. "Vámonos de aquí", llamó Dylan al otro barco mientras algo encendía el montón de madera podrida que una vez había sido la elegante propiedad de Lourdes.

Mientras los dos barcos se alejaban a motor a través del aguacero, un brazo se agarró y un par de ojos se asomaron sobre la enorme rama que había caído y destruido la vieja casa.

"Esta intrusión y este robo son imperdonables", murmuró la figura en el oscuro pantano empapado de lluvia mientras luchaba por mantener la rama resbaladiza, "y todos ustedes pagarán por su traición".

CAPÍTULO DOCE

Sólo faltaba un día para el homenaje a Marco Lourdes.

Fiona se sentó en su escritorio con la computadora portátil de él abierta mientras escribía. Le había dicho al Sr. Bascombe que había encontrado la computadora de Lourdes pero que no había podido entrar en ella.

Fiona odiaba mentirle al hombre que había sido tan útil en las últimas semanas, pero después de algunas largas discusiones con Ruby, Kelly y Julia, decidió terminar el libro por su cuenta. Había retomado la historia donde Lourdes la había dejado. Armand Beauforte, un hombre maldito por el vampirismo, había estado viviendo su vida como escritor, pero después de algunas conversaciones con la familia de la mujer que le había maldecido, había fingido su muerte en Europa y se reinventó a sí mismo, como lo había hecho cientos de veces en el pasado. Lourdes se había propuesto obviamente escribir una autobiografía.

Él había vuelto a su casa y, con la ayuda de una joven bruja, destruyó la fortaleza familiar y el fantasma de la matriarca que lo había atormentado durante siglos. Con la ayuda de Ruby, Fiona copió el estilo de escritura de Lourdes, tomó su historia y la combinó con lo que sabían que realmente había ocurrido en la isla de Rubidoux con Delphi De LaCroix, y escribió los cinco capítulos finales para terminar la novela de Lourdes. Esperaba que a Lourdes le gustara, dondequiera que estuviera.

Fiona escribió una nota al editor de Hardscape, Alan Davis, y le explicó lo que había hecho. Estaba segura de que los editores de la editorial probablemente la destrozarían o la descartarían por un final que ellos mismos escribieron, pero Fiona estaba feliz con su logro y la envió a Hardscape.

La puerta sonó, y Fiona se volvió para ver a un hombre alto, delgado y con el pelo largo y despeinado entrar por la puerta. Llevaba un elegante traje gris en marcado contraste con su pelo y le sonrió a Fiona. "¿Señora DuBois?" preguntó, y Fiona reconoció la voz del Sr. Bascombe de sus muchas conversaciones telefónicas.

Fiona se paró y caminó hacia el publicista. Algo en la cara angular y la nariz en forma de pico del hombre le era familiar, pero Fiona no pudo ubicarlo. Quizás había visto una foto de él en línea en algún momento durante la planificación de la firma del libro y luego el memorial.

Ella tomó su mano extendida y se sorprendió por lo cálido que estaba. ¿Tenía fiebre? Fiona recordó las manos frías de Lourdes. Bascombe, al menos, no era un vampiro.

"Es tan agradable tener finalmente una cara que poner a la voz en el teléfono", dijo.

Bascombe echó un vistazo de Fiona al retrato en la pared. "¿Dónde lo encontraste?" preguntó con lo que Fiona sólo podía calificar una desagradable burla en su voz.

"Lo traje junto con el escritorio y la silla del Sr. Lourdes de su casa en el pantano antes de que fuera destruida en la tormenta", dijo. "Pensé que sería apropiado para el homenaje".

Bascombe la apartó para agarrar el respaldo de la silla de cuero a la par del escritorio. "Las vi una vez en la oficina de su apartamento en Nueva York. Son, de hecho, muy apropiadas para el homenaje, y a Marcus le habría encantado que las salvaras de la ruina causada por la tormenta", dijo Bascombe mientras acariciaba el suave cuero marrón. "¿Qué piensa hacer con esto después del homenaje a Marcus?" Él tomó la foto de Lord y Frid, la examinó y sonrió antes de devolverla al escritorio.

Fiona se encogió de hombros. "Realmente no lo había pensado."

Bascombe se volvió hacia ella con una sonrisa. "Con gusto se los quitaría de las manos", se ofreció, "y los enviaría de vuelta a mi apartamento en Nueva York como recuerdo de mi querido, querido amigo". El hombre se dio la vuelta para mirar la computadora portátil. "¿Descubrió la contraseña de Marcus?"

Fiona echó un vistazo al retrato. "Si", dijo con inquietud. "Me estaba preparando para hacerme una taza de té de manzanilla. ¿Le apetece uno?"

"Eso suena encantador", dijo Bascombe. "Imagino que el Sr. Davis se alegró de recibir finalmente el manuscrito perdido de Marcus".

"Estoy segura", murmuró mientras vertía agua caliente sobre bolsas de manzanilla en delicadas tazas de porcelana rescatadas del destartalado armario de porcelana de la casa de Lourdes.

Fiona llevó el té al sofá colonial de terciopelo donde Bascombe se sentó y puso el té en una mesa de café ovalada de palisandro con patas de cabriole. Aún podía oler el moho en la tela del sofá, aunque lo rociaba con un desodorante para telas casi todos los días desde que lo trajeron de la mansión de Lourdes. Se preguntaba si Bascombe también había visto esas piezas y las había reconocido. Tal vez nunca habían estado en New York con el escritorio y el retrato.

Sus sentidos no eran tan agudos como los de Kelly o Benny, y Fiona nunca había sido capaz de ver o comunicarse con la entidad Annabella, aunque Kelly lo hacía cada vez que visitaba la tienda.

Discutieron sobre el homenaje cuando la tarde se convirtió en noche y tomaron su té. Fiona tuvo que levantarse dos veces para atender a los clientes mientras Bascombe deambulaba por la librería.

"Debería irme y dejarla con sus asuntos, señora", dijo finalmente Bascombe. "Me quedaré en la encantadora posada de enfrente mientras esté aquí." Asintió con la cabeza hacia el Bayou B&B de enfrente.

"Haré arreglos con una empresa de mudanzas para que envíen el escritorio y la silla a Nueva York después del memorial de Marcus". Miró el retrato de Annabella. "Se puede quedar con esa basura. No me importa."

"¿No sabe quién era ella?"

"Ni idea", dijo mientras estudiaba el rostro de Fiona, "pero con el parecido, me atrevería a decir que un pariente suyo". Bascombe se paró y caminó hacia la puerta. "La veré en el gran día, señora." Sonrió mientras alisaba su chaqueta de sastre, se colocó un mechón de pelo detrás de la oreja, que tenía un pendiente de diamante en el lóbulo alargado, y salió en la oscuridad de la noche.

" Ese es un tipo raro", dijo Fiona al retrato de Annabella y recogió las tazas y platillos vacíos.

Ella los estaba enjuagando cuando sonó la puerta, y Fiona levantó la vista para ver a Héctor y sus matones entrar en el edificio.

La ira se apoderó de Fiona. Tuvo el descaro de volver a aparecer por aquí.

"Veo que se ha recuperado más rápido de lo que esperaba, señora Clegg", el hombre de Native se mofó mientras caminaba hacia el mostrador para enfrentarse a Fiona, que se había movido para ponerse detrás de la caja registradora. Los tacones de sus negras y pulidas botas de vaquero hicieron clic en las baldosas. "Pero mi oficina aún no ha recibido su pago atrasado. Tal vez mis chicos necesiten aplicar un poco más de fuerza esta vez para mostrarle cuán comprometidos estamos con su cobro".

Fiona se alegró de que Melanie se llevara a Poppy a una visita nocturna con Ruby y Benny. La chica no necesitaba enfrentarse a los cabezas de chorlito otra vez. Sonrió mientras deslizaba su mano entre la caja registradora y el mostrador para encontrar el botón de alerta de emergencia de la comisaría que Charlie había instalado después de la última visita de Héctor.

"Entonces deberías buscar a Elliot y a su nueva esposa, Sr. Oso Gruñón", siseó Fiona, "porque no soy la maldita Sra. Clegg, y nunca firmé nada".

El teléfono del mostrador sonó y Fiona supo que era la policía que llamaba para ver cómo estaba. Si no respondía, enviarían oficiales, asumiendo que estaba en problemas.

"¿No va a contestar, señora Clegg?"

"No", dijo y se alejó del mostrador.

"¿De dónde demonios han salido?" Fiona escuchó a uno de los hombres de Héctor gritar.

Fiona levantó los ojos para ver la forma nebulosa de una mujer delgada y pelirroja con un bebé en sus brazos, de pie entre Héctor y sus matones. Vio cómo sus ojos se abrían de par en par mientras la joven hablaba palabras que sólo ellos podían oír y señalaba la puerta.

Uno de los jóvenes se acercó a la figura y su mano atravesó su cuerpo. Gritó una maldición, se dio la vuelta y huyó con su compañero. La aparición se volvió y comenzó un silencioso desplazamiento por el suelo hacia el hombre que quedaba.

"Creo que tus refuerzos se han separado de ti, Héctor", dijo Fiona con una sonrisa satisfecha en las comisuras de su boca.

Se volvió para ver a sus hombres corriendo a través del oscuro estacionamiento y a una mujer joven con ropa anticuada y un bebé en sus brazos que se desplazaba, no caminaba, hacia él. La cara de él perdió su color, sus ojos se abrieron de par en par con el miedo, y se precipitó hacia la puerta cuando un vehículo policial se detuvo con las luces y la sirena encendidas.

"Gracias por no permitir que esa bestia nos lleve a mi hijo y a mí a Nueva York", dijo la voz con acento francés de Annabella Rubidoux Lourdes antes de que su aparición desapareciera de la vista de Fiona.

Vio como Héctor fue esposado y forzado a entrar en la patrulla por dos oficiales uniformados. Fiona también vio los contornos oscuros de los otros dos hombres en el vehículo.

"¿Está bien, señora?" preguntó el joven oficial cuando metió la cabeza en la puerta.

"Estoy bien", dijo ella. "Supongo que se dieron cuenta de que había pulsado la alarma y se marcharon."

"¿Son estos los tipos que destrozaron su casa el otro día, señora?"

"Si, lo son", dijo Fiona con un asentimiento. "Y amenazaron con hacer lo mismo otra vez si no les pagaba el dinero que querían".

"Vamos a detenerlos y ficharlos por vandalismo y amenazas", dijo con una sonrisa. "No creo que te molesten más".

Fiona miró el retrato y sonrió. "No creo que lo hagan, tampoco, oficial.

CAPÍTULO TRECE

El día del homenaje a Lourdes llegó con un aguacero.

Fiona y Melanie se levantaron temprano y se vistieron con los trajes que habían encontrado en los baúles. Se rieron mientras se ataban con corsés ajustados y descubrían la mecánica de los dispositivos que se colocaban alrededor de sus cinturas para lucir las faldas con las armazones.

"No puedo creer que las mujeres se sometían a esto", exclamó Melanie mientras Fiona se abrochaba el cinturón en el dispositivo. Poppy se tendía en la cama mirando.

Fiona inhaló. "Estas cosas no son nada. Cien años después de que las mujeres las usaran, se abrocharon los cinturones de metal para que sus traseros se vieran enormes".

Melanie la miró horrorizada. "¿Por qué diablos harían eso?"

Fiona sonrió. " Para parecerse a una reina", dijo. "Después de tener una docena de hijos, la vieja Reina Victoria tenía un trasero enorme. Las mujeres no querían ofenderla, así que las modas empezaron a imitar el gran trasero de la reina y cómo intentaba esconderlo con toneladas de encaje y vuelos." Puso su mano en una de las rejillas de la cadera y se rio. "Me imagino que alguna reina en Francia era más bien hippie".

Melanie giró los ojos. "Espera", dijo abruptamente, "¿por eso mis profesores empezaron a usar esos horribles trajes de pantalón cuando Hillary Clinton se presentaba a la presidencia?"

"Las primeras damas son lo más cercano que tenemos a las reinas aquí en América."

"Prefiero vestirme como Beyoncé", dijo Melanie mientras Fiona cepillaba el pelo de la chica, usaba su rizador de pelo, y lo prendía en la parte superior de su cabeza en una aproximación al estilo de pelo de Annabella en el retrato que estaba abajo.

La tela de los vestidos era vieja, pero se había conservado bien en los baúles y parecía como si fuera nueva. Se pusieron los vestidos y dieron vueltas frente al espejo. Melanie llevaba un vestido hecho de seda azul huevo de petirrojo con encaje suave de color crema en los codos y un escote escotado que mostraba sus pechos amontonados por el corsé. El de Fiona era el mismo rosa coral que Annabelle llevaba en el cuadro, lo que resaltaba su pelo rojo.

"Parecemos princesas", dijo Melanie mientras miraba sus reflejos.

El trueno retumbó afuera, y Fiona fue a la ventana para asomarse. "Espero que este clima no impida que la gente venga".

"Las noticias de anoche dijeron que iba a pasar por nuestra zona rápidamente." Melanie sonrió a su tía y deslizó sus pies en un par de zapatillas negras. "Vendrán. Esto es como el mayor evento que St. Elizabeth ha visto en años."

"Vamos a hacer un poco de café, entonces", dijo Fiona y abrió la puerta de la oscura escalera. "Cuidado con el escalón de esa falda larga, Mel. No quiero que te caigas antes de que empiece el día".

Encendieron las luces, y Fiona miró alrededor de El Pan de la Vida con asombro. La agencia de alquiler había entregado mesas extra con sillas plegables blancas de madera, y Melanie había adornado las mesas con paños púrpura y negros. Los arreglos florales adornaban los centros de cada mesa. Las exhibiciones de las novelas de

Lourdes estaban esparcidas entre ellas con su cara sonriendo desde los carteles.

Los aromas de rosas y claveles llenaban la habitación, y los ojos de Fiona ardían con lágrimas de orgullo mientras hacía las primeras ollas de café del día.

Como de costumbre, Charlie y Rex fueron los primeros clientes en llegar para tomar café y pasteles esa mañana. Se apresuraron a entrar y se sacudieron la lluvia de sus uniformes. Los ojos de Charlie se abrieron mucho cuando Fiona se encontró con los hombres con la cafetera en la mano. "Maldición", exclamó cuando la vio vestida con el vestido del siglo XVIII, "te ves bien". Fiona sonrió cuando sus ojos nunca se movieron por encima de sus pechos apretados que se asomaban por encima del escote.

"Usted también se ve bien, Srta. Melanie", llamó Rex al adolescente desde el otro lado de la habitación.

Melanie hizo una reverencia. "Gracias, amable señor", le contestó con un rubor en las mejillas.

"Será mejor que tengas cuidado con ella hoy, Fiona", advirtió Rex. "Algún viejo verde podría intentar huir con ella. Se parece a una de esas muñecas de porcelana de una tienda de antigüedades".

Fiona sonrió mientras llenaba sus copas. "Sólo espero que esta lluvia se detenga pronto."

"Debería estar seco para el mediodía", dijo Rex con una sonrisa, "para que podamos volver y disfrutar de un poco de Barbacoa de Hot Foot".

Fiona miró por la puerta a la lluvia que caía y frunció el ceño. "Espero que tengas razón".

Los clientes de esa mañana eran pocos y sólo bebían café, pero como Rex había predicho, las nubes se disiparon y la lluvia se detuvo alrededor de las once. Para el mediodía, el sol brillaba con fuerza, y las esperanzas de Fiona aumentaban para un evento exitoso. El sol, el aroma de la barbacoa de cerdo, y los sonidos de la banda de Dixieland tocando fuera de El Pan de la Vida atrajeron a una animada multitud de Santa Isabel.

Los visitantes llegaron junto con el Sr. Bascombe y un equipo de televisión de Nueva Orleans poco después de la 1.

"¿No es emocionante, tía Fiona?" preguntó Melanie después de que el equipo de televisión las había filmado y docenas de otras personas pidieron fotos de ellas frente al escritorio de Lourdes y el retrato de Annabella. "Supongo", susurró Fiona a su sobrina, "pero mis pies se están cansando con estos malditos zapatos". Intentó mover los dedos de los pies con las zapatillas apretadas y deseó haber optado por sus cómodas zapatillas debajo de la falda larga.

"Pero mira a todo el mundo con libros en sus manos", dijo la chica. "Hoy va a ser un gran día en la caja registradora."

Fiona sonrió y miró de nuevo a la caja registradora. "Hablando de eso, uno de nosotros debería volver allí antes de que la gente empiece a salir".

" Entiendo". Melanie se apresuró a través de las mesas para tomar su lugar detrás de la caja registradora, donde se había formado una fila.

Raquel Clairvoux, vestida con un vestido del siglo XIX como su antepasada mulata Angelique, se había hecho cargo del departamento de niños. Se sentó con sus gemelos de cuatro años sobre cojines, leyendo teatralmente a los niños visitantes un libro de cuentos de hadas de los Grimm. Fiona agradeció a la joven y guapa mujer mientras entregaba una bandeja de galletas a los oyentes de Raquel, que las cogieron con gusto.

Una hora después de su llegada, el Sr. Bascombe se situó detrás de un podio junto al escritorio del autor con una fotografía enmarcada de Marco Lourdes al fondo y un micrófono. Ya había acallado a la banda y pedido a todos que entraran para escuchar las palabras en memoria de su querido amigo Marco.

"Amigos míos", dijo Bascombe después de golpear la cabeza del micrófono para asegurarse de que funcionaba, "Me gustaría agradecerles a todos por venir a conmemorar a un gran autor en esta ciudad que tanto amaba". El hombre alto y delgado se había peinado, se había puesto una cola de caballo y la había asegurado con una cinta de raso negro sobre el cuello almidonado de su camisa blanca y brillante.

"También me gustaría dar las gracias a nuestra amable anfitriona, Madam Fiona DuBois, por permitirnos invadir su encantador espacio aquí hoy para esta ocasión." Hizo una pausa para un aplauso, y Fiona hizo una reverencia con el vestido de época. Eso hizo que los flashes de las fotos se dispararan por la habitación y que Fiona se sonrojara.

"Conocí a Marco Lourdes cuando yo era muy joven", dijo Bascombe. "Pasamos por mucho juntos en nuestra juventud." Fiona vio que los ojos del publicista se dirigían al retrato de Annabella y su rostro se oscureció ligeramente antes de que retomara su línea de pensamiento.

"Lo vi luchar con su escritura en los primeros años", continuó Bascombe, "y aplaudí sus éxitos cuando finalmente llegaron". Señaló una tabla de los libros del autor. "Todos estamos contentos de que haya habido tantos". Le hizo señas a Fiona otra vez. "Y gracias a Madam DuBois, su última adición está ahora con sus editores en Hardscape Press y estará disponible para la próxima temporada de vacaciones."

Fiona sonrió y sacudió la cabeza mientras la multitud aplaudía de nuevo con la noticia de una última novela de Lourdes. El hombre era el publicista de Lourdes, incluso ahora en su homenaje.

"Marcus estaba especialmente orgulloso de los libros que ambientó en un pueblo muy parecido a Santa Isabel cuando fue fundado en el siglo XVIII. Sus primeras obras autopublicadas, 'El regalo de la duodécima noche' y 'Sombra Nocturna', están disponibles aquí, gracias a Madam DuBois, y espero que compren copias para sus colecciones personales." Sostuvo copias de los libros. "El nuevo manuscrito será otro y último capítulo de la historia que quería contar."

Bascombe dejó los libros, sacó un pañuelo de seda blanca y se frotó los ojos llorosos. Asintió con la cabeza, y la violinista de la banda comenzó a tocar algo suave y tranquilizador en su instrumento. "Sé que Marcus esperaba estar aquí hoy cuando este evento fue originalmente programado como una firma. Les diría a todos que estaba muy orgulloso de entretenerlos con todas sus pequeñas historias a lo largo de los años. Estoy aquí como su amigo para decirles lo mismo y agradecerles de todo corazón por venir".

Bascombe sonrió. "También me gustaría anunciar que Hollywood ha comprado los derechos de 'El regalo de la duodécima noche' y 'Sombra Nocturna' para las próximas películas, así que compren copias ahora." Bajó del podio entre aplausos y preguntas sobre quién protagonizaría las próximas películas.

En una hora, todos los libros de Lourdes publicados independientemente que tenía en stock habían sido comprados y Fiona había recibido pedidos pagados de cien más. Melanie tenía razón. Iba a ser un muy buen día en la caja.

La gente salió a escuchar a la banda, a bailar y a comer barbacoa después del discurso de Bascombe y se quedó hasta que la banda y el camión de comida cerraron por la noche alrededor de las 8:30. Fiona agradeció a la banda y les pagó.

"Nunca hubiera esperado que nos fuera tan bien como en este concierto", dijo el representante de la banda al embolsarse el cheque de Fiona, "pero nuestro bote de propinas está lleno de billetes de 20 esta noche". Si alguna vez quieres hacer esto de nuevo, llámame."

"Sin duda", añadió el encantador joven violinista. "En cualquier momento".

"Lo tendré en cuenta", dijo Fiona antes de volver a la tienda donde Melanie limpiaba las mesas.

La chica se había quitado los zapatos, subido la falda y sacado los alfileres de su pelo rubio-fresco. Fiona sonrió e hizo lo mismo.

"Ha sido un día increíble", dijo mientras caía en una silla cómoda y se sacudía el pelo. "Un día increíble". La habitación que la rodeaba parecía vacía sin la multitud de gente, y habían movido varias de las mesas de exhibición a lo largo del día a medida que se vaciaban.

"¿Quieres que compruebe el registro para ver lo bueno que fue, tía Fiona?" preguntó Melanie con una amplia sonrisa.

Fiona sonrió ante el entusiasmo del joven. "Claro, adelante". Tuvo que admitir que se abstuvo de hacer eso una docena de veces durante el agitado día.

Escuchó el ruido de la caja registradora mientras Melanie totalizaba las ventas del día. Zumbaba y silbaba sacando un largo pedazo de papel estrecho, y escuchó a Melanie arrancarlo. Unos minutos después, oyó a la joven jadear. "No vas a creer esto, tía Fiona".

Fiona levantó la cabeza para mirar a Melanie, que estaba de pie detrás del mostrador con la boca abierta, mirando la larga cinta de la registradora en su mano.

"No me dejes en ascuas, niña", instó Fiona. "¿Qué dice?"

"Más de veinticuatro mil", dijo con una sonrisa.

Si bien era ciertamente un gran total para el día en El Pan de la Vida, con la gran multitud comprando libros, comida y bebidas, Fiona esperaba bastante más. "Sólo en la venta de libros del Sr. Lourdes", añadió con una sonrisa. "El total de todo el día es de casi cien mil malditos dólares", dijo mientras corría por la habitación para abrazar a Fiona.

Se quedaron abrazadas y riendo tan fuerte que no oyeron la campana de la puerta abierta al abrirse.

"Bueno, esto parece prometedor".

Dejaron de celebrar y Melanie se alejó de Fiona. Giraron sus cabezas para ver las caras sonrientes de Héctor y dos matones diferentes mirándolos. Uno de los hombres cerró la puerta y accionó el interruptor para encender el cartel de neón cerrado.

Héctor metió la mano en su chaqueta y sacó una pistola. "Parece que su gran día puede haber llevado a su capacidad de pagar su deuda, señora Clegg." Agitó la pistola hacia la caja registradora. "¿Por qué no te acercas y lo cuentas por mí?"

Fiona agarró a Melanie y tiró de la chica hacia ella de manera protectora. "Lárgate de mi tienda", siseó y señaló la puerta. "¿No aprendiste la lección la última vez?"

"Cualquier truco de luz que hayas hecho puede haber asustado a Donny y Ray," dijo, "pero a mí no me asustan." Sacó un crucifijo de plata de debajo de su camisa de sastre y lo dejó caer para que Fiona lo viera. "He escuchado las historias sobre las brujas de Black Bayou y su magia de mierda." Tomó la barbilla de Fiona en su mano y la apretó. "Pero no me lo creo. No eres más que otra perra muerta que no quiere pagar sus deudas".

Miró fijamente los pechos de Fiona y sonrió. "Tal vez los chicos y yo tomemos el interés que debes de ti y de la otra pequeña mujer-zuela de aquí."

Héctor se volvió hacia los dos hombres que estaban con él. Ambos eran de Native, llevaban buenos trajes, y tenían su pelo largo y negro en cola de caballo. Uno tenía la cara llena de cicatrices de acné y no podía apartar los ojos de Melanie. "Me cogeré a la rubia", dijo con una sonrisa mientras se lamía los labios. "¿Y tú, hermano?", le preguntó al joven que había cerrado la puerta. "¿Te gusta el coño rubio esta noche?"

"Cualquier coño en cualquier momento", respondió el joven mientras empujaba a Fiona a un lado y agarraba a Melanie. Ella gritó y comenzó a luchar con el hombre que la abofeteó. "Cálmate, perra, o no te lo haré agradable".

"Deja a mi sobrina en paz", gritó Fiona y buscó a Melanie.

Héctor agarró a Fiona y la apartó de la adolescente que lloraba y estaba asustada. "Lleva a la pequeña perra arriba y tómala, mientras la Sra. Clegg y yo terminamos nuestros asuntos aquí abajo."

Sonrió mientras asentía con la cabeza hacia la puerta del apartamento. "Si todavía está tensa cuando termines con ella", dijo con una risita burlona, "tal vez yo también lo intente con ella, después de que termine con el coño de esta vieja pelirroja seca".

Fiona luchó por librarse de las fuertes manos de Héctor. "Suél-tame, imbécil", gritó mientras luchaba. "Voy a matarlos a todos si lastiman a Melanie".

Melanie gritó y luchó también. Las lágrimas corrían por sus meji-llas para mezclarse con la sangre que goteaba de su nariz causada por la violenta bofetada de Scarface. "No voy a hacerle daño", dijo. "Sólo voy a bombear ese pequeño coño rubio lleno de polla comanche". Le arrancó el vestido a Melanie de sus pechos y se rio. "Le va a gustar".

"Me voy a coger su culito apretado", se burló el otro hombre. "Eso probablemente dolerá."

Héctor se rio mientras arrastraba a Fiona a la caja registradora con su pistola en la cabeza. "Vacía la caja registradora, perra", susurró al oído de Fiona. "Y entonces tú y yo podremos divertirnos un poco en ese antiguo sofá de ahí." Asintió con la cabeza al sofá de terciopelo verde del salón de la casa de Lourdes.

CAPÍTULO CATORCE

EL CORAZÓN DE FIONA SE ACELERÓ MIENTRAS ESCUCHABA EL desgarrador grito de Melanie desde las escaleras.

"Puede acabar con esto, Madam DuBois", Fiona oyó una voz femenina con acento francés susurrando en su cabeza. " Tienes el poder dentro de ti para poner fin a esta atrocidad."

"¿Cómo?" Fiona preguntó en voz alta.

"¿Te estás burlando de mí con esa mierda de "cómo", perra?" Héctor exigió mientras sacudía a Fiona y la miraba con ojos estrechos y llenos de odio. "Esto no es un viejo western, y no soy un indio de tienda de cigarros para ser burlado por basura de pantano como tú." Sus uñas se clavaron en el brazo de Fiona. "Ahora abre esta caja registradora y cuenta el dinero".

"Sabes cómo extraer su poder de él y detener su malvado corazón", dijo la voz femenina mientras la forma de Annabella Rubidoux Lourdes se materializaba frente a Fiona. "Cálmate y atrae su poder, su desperdicio de fuerza vital, hacia ti. Eres una orgullosa bruja de los Rubidoux, y puedes hacerlo, señora", susurró Annabella con una pícara sonrisa en su bonita cara.

"Adelante, perra", gritó Héctor y empujó a Fiona al mostrador tan fuerte que hizo temblar los platos. "Escuchar a los chicos de ahí arriba con ese pequeño coño gritón me la pone muy dura". Se rio y golpeó con su entrepierna rígida el trasero de Fiona.

Fiona hizo un gesto de dolor al escuchar los gritos de Melanie. Escuchó los ladridos furiosos de Poppy antes de que aullara y luego se quedó en silencio. Fiona cerró los ojos, imaginando lo que podría haberle pasado a la dulce perrita y cómo le rompería el corazón a Melanie el perderla. "¿Puedes mostrarte a Melanie?" Fiona le preguntó a Annabella. "Ella es mucho mejor en esto que yo".

"Lo haré", dijo Annabella mientras se desvanecía de la vista de Fiona. "Reúne tus fuerzas y acaba con este cerdo, señora."

Héctor se rio. "No te preocupes, cariño, tengo la intención de mostraros a las dos todo lo que tengo, y entonces seré yo quien juzgue cuál de ustedes es mejor." Se volvió contra Fiona otra vez. "Pero primero tengo que atender los asuntos de la empresa. Abre la maldita caja registradora y dame el dinero que nos debes." Se acercó y comenzó a acariciar el pecho de Fiona. "Apuesto a que también tienes una caja fuerte aquí en alguna parte. Necesitaré que la abras también".

Fiona cerró los ojos y extendió la mano con toda su voluntad para tocar la fuerza vital que emanaba de Héctor Oso que Gruñe. Era más grande y más vibrante que la fuerza de cualquier criatura pequeña que Fiona se hubiera aventurado a tocar. El calor casi la quemaba mientras se agarraba a ella y comenzaba a atraerla hacia ella.

Fiona sintió que su agarre se debilitaba, y atrajo más y más del poder del hombre hacia ella. ¿Era posible atraer demasiado?

Fiona se estremeció cuando escuchó otro grito de Melanie mientras la chica le gritaba a Poppy. No le importaba si atraer demasiado del hombre hacia ella podía ser peligroso. Tenía que ayudar a Melanie a salir de este lío. La chica era su responsabilidad. Inhaló físicamente mientras sacaba la fuerza vital del hombre que estaba detrás de ella.

Héctor soltó a Fiona, tosió y jadeó mientras le quitaban su fuerza vital. Ella sintió que el corazón del hombre comenzaba a agitarse en su pecho. Ella sonrió, empujó a Héctor hacia atrás con los codos y se volvió para mirar el rostro pálido del hombre que jadeaba en el suelo. "¿Qué piensas de esta mierda de la magia ahora, imbécil?"

"Perra", Héctor jadeó mientras su corazón revoloteaba más despacio, sus ojos fijos en una mirada, y tomó su último aliento.

Fiona se sintió vigorizada. Corrió a las escaleras y las tomó de dos en dos hasta que atravesó la puerta y entró en el apartamento. Scarface tenía a Melanie pateando y gritando en la cama mientras el otro hombre rebuscaba en los armarios de la cocina de Fiona.

"Déjala", gritó Fiona y extendió la mano con su nueva habilidad para atrapar la fuerza vital de Scarface.

"Ayúdame, tía Fiona", suplicó Melanie mientras luchaba contra el hombre que estaba encima de ella, arañando su cara llena de cicatrices y pateando con sus piernas descubiertas.

"¿Annabella vino a ti, Mel?"

" La niña no puede verme ni oírme. Está demasiado alterada para concentrarse, señora", susurró la voz de Annabella en la cabeza de Fiona. " Tú debes ser la que haga esto para salvarla."

"Estoy aquí, Melanie", llamó Fiona a su sobrina que lloraba.

Melanie abofeteó y arañó al hombre que le arrancó la ropa y le manoseó el cuerpo. "Quítamelo de encima, tía Fiona", suplicó Melanie y giró la cabeza para mirar el suelo junto a la cama. " Le hicieron daño a Poppy."

"¿Qué diablos haces aquí arriba?", exigió el hombre que revisaba sus armarios mientras daba un paso hacia ella. "¿Dónde está Héctor?"

Fiona giró la cabeza para mirar al joven, pero todo lo que pudo ver fue el brillo de su vibrante fuerza vital. Él dio otro paso hacia Fiona, y ella se aferró al brillo blanco-caliente, atrayéndolo hacia ella con todas sus fuerzas. Lo aspiró hacia ella como un cocainómano aspiró el polvo blanco a través de un billete de dólar enrollado.

El poder que surgía en Fiona era intoxicante. Ella nunca había experimentado tal apuro.

" Ten cuidado, señora", advirtió Annabella con una risita, "la toma de poder de esta manera puede ser adictiva".

"¿Puede matarme?"

"No, pero puedes llegar a descubrir que no puedes vivir sin experimentarlo más de una vez."

"Eso está bien para mí", dijo Fiona y atrajo las fuerzas de vida de ambos hombres a la vez. ¿Podría alguien inhalar coca por ambas fosas nasales a la vez?

Colores brillantes explotaron detrás de los ojos de Fiona y se arremolinaron en su cerebro. La prisa terminó abruptamente cuando Melanie le gritó. Fiona abrió los ojos cuando la joven empujó el cuerpo del hombre con cicatrices y cayó de la cama en un montón de sedas y encajes rotos. "Tengo que ayudar a Poppy", gimió la niña mientras se arrastraba para tomar en sus brazos el peludo cuerpo del pequeño animal.

"Presta algo de la vida de estos hombres a la pequeña criatura", susurró Annabella, "antes de que su corazón se detenga".

Fiona se acercó para encontrar el latido de Poppy. Su corazón le dolía al sentir el dolor palpitante de Poppy. Respiró profundamente, luego encontró y reparó las costillas rotas del perro. Usó su fuerza vital para fortalecer a la pequeña criatura. Poppy respiró hondo, se tambaleó sobre sus patas y se dirigió a Melanie, quien la tomó en sus brazos. "Gracias, tía Fiona", la niña sollozó mientras se aferraba a la pequeña bola de pelo en su pecho. "Has salvado a mi Poppy-otra vez".

La forma de Annabella se quedó mirando a Melanie con el ceño fruncido en su hermoso rostro. "Es triste", dijo en un susurro muy acentuado. "Ese era mi vestido favorito. Pensé que nunca lo volvería a ver". La forma de Annabella se solidificó un poco y se dobló para ayudar a Melanie con Poppy en sus brazos a sus pies. "Se veía tan hermosa en él, mademoiselle", dijo mientras besaba la mejilla llena de lágrimas y moretones de Melanie. "Me puse ese vestido el día que Matthias y yo nos casamos."

Melanie se quedó sin aire mientras la aparición se desvanecía y Fiona se precipitó a su lado. "¿Estás herida?", preguntó y abrazó a la temblorosa adolescente. "¿Él...?" Fiona no podía hacer que las palabras que quería decir salieran de su boca.

"¿Violarme?" Melanie murmuró. "No, no paraba de hablar de ello, pero eso es todo." Ella miró alrededor de la habitación y vio al otro hombre desplomado en el suelo. "¿Qué hiciste, tía Fiona?"

"No estoy muy segura", dijo en voz baja mientras movía a Melanie hacia el baño. "Date una ducha y cálmate, Mel."

"No debería ducharme", protestó Melanie mientras estaba de pie abrazando al tembloroso perro. "La policía podría necesitar pruebas de mi cuerpo".

Fiona sonrió. "Ves demasiados programas de crímenes, niña". Fiona empujó a la chica hacia el baño. "Dúchate mientras me cambio y luego llamaré a Charlie".

Melanie abrazó a Fiona. "Fue un día muy bueno hasta que esto sucedió, tía Fiona. Un día realmente bueno".

Fiona comenzó a sentirse como si estuviera bajando de la altura de tomar las fuerzas de vida de los tres hombres. Ella había consumido algo de droga en su juventud y experimentó el choque después de horas de consumo de drogas. Esto era muy parecido, pero diferente. De repente se sintió vacía, y su cuerpo comenzó a flaquear en los brazos de Melanie.

"¿Qué pasa, Fi?", preguntó la chica con una voz desesperada. "¿Estás bien?"

Fiona se frotó las sienes y respiró profundamente mientras Melanie la ayudaba a sentarse en una silla. "Supongo que todo esto y el día ajetreado me están afectando". Le sonrió a la chica preocupada. "Date la vuelta y déjame sacarte de ese corsé para que puedas ducharte".

"Puedo desenganchar el corsé por delante", dijo Melanie, "pero voy a necesitar ayuda con todo lo demás". Levantó un brazo con el vestido desgarrado colgando de ella en una mezcla de seda y encaje.

Fiona ayudó a la chica a escapar de la maraña de tela y la tiró a un lado. Melanie se duchó mientras Fiona se desvestía y se ponía una cómoda camiseta de algodón hasta la rodilla. Respiró más fácilmente sin el corsé ajustado y se sirvió un vaso de vino muy necesario.

Fiona marcó el número de Charlie y pensó en cómo iba a explicar los tres cadáveres.

"Hola, Fiona", respondió Charlie con voz somnolienta. Miró la hora y suspiró casi a medianoche.

"Siento molestarte tan tarde, Charlie, pero hemos tenido algunos problemas por aquí otra vez."

"¿Esos mismos indios hijos de puta?"

"Sí", dijo Fiona con un suspiro. "Aparecieron cuando Mel y yo estábamos cerrando. Tenían armas y querían lo que teníamos en la caja registradora".

"Ahora mismo voy", dijo, y Fiona pudo oírle moverse para vestirse. "¿Te han hecho daño? ¿Tú y la niña están bien?"

Fiona no sabía qué decir. ¿Cómo iba a explicar las cosas de una manera que Charlie pudiera entender?

"Ese Héctor me apuntó con un arma", dijo Fiona, "mientras sus dos matones arrastraban a la pobre Melanie arriba a..."

"Oh, Dios mío", le oyó silbar con desesperación. "Llama al 911, Fi", le dijo Charlie con voz autoritaria, "si no lo has hecho ya. llamaré a Rex, y estaremos allí para tratar con esos imbéciles de una vez por todas". Él colgó antes de que ella pudiera decirle que los imbéciles ya habían sido eliminados, y Fiona hizo la llamada al 911.

También llamó a Julia para contarle lo que había pasado. A la Suma Sacerdotisa del clan DuBois, Fiona le pudo explicar todo.

"Voy a buscar a mamá", dijo Julia, "y vamos a ir enseguida". ¿Mel está bien?"

"Tan bien como puede estar una chica de catorce años que ha sido agredida sexualmente, supongo", dijo Fiona. "Se está duchando, pero creo que probablemente necesite los brazos cariñosos de su abuela y su tía en este momento."

"Estaremos allí en un rato", dijo Julia y cortó la comunicación.

En una hora, El Pan de la Vida estaba lleno de nuevo con policías, asistentes de ambulancia y la familia de Fiona.

Melanie lloró y sostuvo a Poppy en su pecho mientras contaba y volvía a contar su historia primero a la policía, luego a Charlie y Rex, y finalmente a su abuela y a Julia.

"Lo siento mucho, tía Ruby", le dijo Fiona a su tía enferma. "Nunca quise que Mel pasara por nada de esto. Es una niña tan buena".

Ruby apretó la mano de Fiona. "Melanie quiere más que nada liderar el clan DuBois algún día, y tú la salvaste de ese hombre que le habría quitado su virginidad y su sueño, querida." Ruby abrazó a Fiona. "Nunca podré agradecerte lo suficiente por eso".

"Melanie es una gran maestra y será una gran sacerdotisa algún día", le dijo Fiona a su tía.

Fiona no entendía por qué, pero para que una mujer sea iniciada como la Gran Sacerdotisa de un clan, debe tener su virginidad intacta.

Ruby miró el retrato de Anabella Rubidoux. "Julia me dijo que te ayudó a derrotar a esos hombres esta noche."

Fiona asintió. "Ella lo hizo. Me recordó que Melanie me había estado enseñando todo lo que necesitaba saber. Sólo tenía que usar el poder que ya estaba dentro de mí para derrotarlos".

Ruby sacudió su cabeza blanca. "Nunca hubiera pensado que vería el día", dijo la anciana, "en que le debiera la supervivencia de mi clan DuBois a una bruja Rubidoux".

El forense bajó las escaleras seguido por los asistentes que llevaban bolsas de plástico negro para cadáveres. Se acercó a Charlie y se encogió de hombros. "No puedo decir qué mató a estos hombres, Charlie. No parecen tener ninguna marca en ellos, aparte de los arañazos y moretones infligidos por las mujeres mientras luchaban contra sus ataques". Sus ojos se dirigieron a Fiona. "Tendré una mejor idea una vez que los abra", dijo el doctor. "Te enviaré mi informe cuando lo tenga".

"Gracias, Doc", le dijo Charlie al hombre.

Fiona sabía que el forense era un residente de toda la vida de Santa Isabel y había escuchado las historias de las brujas del Black Bayou toda su vida. Se preguntó qué causa de muerte pondría en su informe para una muerte por encuentro con una bruja enojada. Fiona se sonrió a sí misma mientras veía a los hombres y los cuerpos salir de su tienda.

"Al menos nunca tendré que volver a ver a esos odiosos bastardos", murmuró Fiona en voz baja.

"No olvides que murieron aquí, querida", dijo Ruby cuando escuchó las palabras de Fiona. "Pueden estar aquí en este edificio por la eternidad."

Fiona giró los ojos. "Eso sería sólo mi suerte". Se movió hacia el área del mostrador. "Necesito un poco de té de manzanilla. ¿Alguien más quiere un poco?"

Todas las mujeres querían té, pero Charlie y Rex pidieron café. Fiona sacudió la cabeza. "No sé cómo pueden dormir por la noche cuando beben café tan tarde".

"No sé cómo vas a dormir esta noche", susurró Julia al oído de Fiona. "Estás absolutamente resplandeciente con todo el poder que les has chupado a esos bastardos." La joven líder del clan sacó tazas y platillos para el té. "¿Qué se siente?"

Fiona recordaba el golpe en la cabeza y las explosiones de color detrás de sus ojos. ¿Cómo pudo ponerlo en palabras? "Como un viaje con ácido", dijo finalmente. "No es algo que creo que quiero volver a intentar".

Julia arqueó una ceja. "Las drogas duras pueden ser adictivas".

"Eso me han dicho", dijo Fiona, mirando el retrato de Annabella.

Mientras se sentaban a tomar el té, la puerta sonó, y Fiona giró la cabeza para ver al Sr. Bascombe entrar en El Pan de la Vida. Se preguntó qué demonios hacía él afuera a esta hora.

"Vi luces de policía desde mi habitación al otro lado del camino", dijo en respuesta a la pregunta mental de Fiona. "Espero que nada esté mal".

"Nada que no pueda resolverse con una taza de té", dijo Fiona con una sonrisa atractiva. "¿Te gustaría unirte a nosotros?"

Bascombe miró a las mujeres sentadas alrededor de la mesa y

sonrió. "No me importa si lo hago". Levantó una silla y se sentó. "Pero preferiría Earl Gray en lugar de la manzanilla, si lo tiene."

"Por supuesto, tenemos a Earl Gray", dijo Melanie mientras estaba de pie. "Yo me encargo, tía Fiona. Ya has pasado por mucho por un día". La adolescente se alejó de la mesa, y Fiona sonrió.

Fiona se maravilló de la capacidad de la chica para recuperarse tan rápidamente de lo que había pasado.

CAPÍTULO QUINCE

El publicista bebió el té mientras escuchaba a Fiona contar su historia.

"No sé qué pasó", dijo Fiona encogiéndose de hombros, "simplemente se cayó". Escuché a Mel gritando desde arriba, y supe que tenía que llegar a ella de alguna manera." Miró el retrato sobre el escritorio de Lourdes y sonrió. "Creo que me dio la fuerza que necesitaba para subir las escaleras". Fiona sonrió y le guiñó un ojo a Melanie. "Llevábamos su ropa, después de todo".

Bascombe sorbió de su copa de Earl Gray mientras él también miraba el retrato. Fiona pudo sentir un cambio en la energía de la habitación. Se había vuelto negativa, y algo en ella le resultaba extrañamente familiar.

El publicista puso su taza sobre la mesa. Su cara se había puesto roja, y se puso de pie mientras miraba el retrato de Annabella.

"Sé lo que son", gruñó mientras sus ojos se cruzaban con los de cada mujer en la mesa. "Todas son brujas como ella." Señaló el retrato. "Terminé con ella hace tres siglos antes de que pudiera traer al mundo a esa mocosa miserable, y terminaré con todas ustedes ahora."

Melanie gritó y se agarró a la mano de su abuela.

Rex también se puso de pie y se enfrentó al alto y delgado. "Qué demonios, hombre", exigió el oficial. "Estas mujeres no han sido más que amables contigo. No tienes por qué amenazar de esa manera".

Los ojos de Bascombe tomaron un brillo antinatural cuando se arrancó la chaqueta y se abrió la camisa. Los botones rebotaron en la mesa. "Tengo todo lo necesario, hombrecito", gruñó Bascombe mientras su voz tomaba un tono más profundo.

Charlie tiró de Rex hacia abajo en su silla mientras Bascombe empezaba a cambiar. El pelo largo de su cabeza se hizo más largo y grueso, los rasgos afilados de su cara se hicieron más nítidos a medida que se alargaban en un hocico de labios finos con colmillos muy afilados. Su camisa y sus pantalones se separaron para caer cuando su cuerpo se volvió peludo y se contorsionó en la forma de una criatura de una vieja película de terror de Hollywood.

"Es un maldito Roogaroo", exclamó Rex y se cayó de su asiento, luchando por alejarse de la mesa y de la criatura en la que se había convertido Bascombe. "Pero no es luna llena", dijo Rex, mirando a la oscuridad. "Creía que los hombres lobo sólo cambiaban durante la luna llena".

Bascombe gruñó una extraña risa. "Eso es sólo para las películas tontas", dijo. "La atracción es más fuerte durante la luna llena, sí, pero después de tres siglos, puedo cambiar a voluntad." La voz de la criatura era más profunda y áspera, pero Fiona aún podía reconocer a Bascombe en ella.

Ruby se paró sobre sus piernas temblorosas. "Ha sufrido la maldición de Loup-Garroux", dijo ella. "Y ha probado la sangre humana, por lo que la maldición no puede ser revertida."

La bestia que era Bascombe miró fijamente a la anciana. "Cuando me desperté con el hambre", dijo con su voz inhumana y ronca, "me encerró en una habitación con mi hermana pequeña". Miró fijamente el retrato de Annabella. "Era una perra vengativa, y fue mi pobre y dulce pequeña Daphne la que sufrió una muerte horrible en mis manos."

"¿Pero por qué?" Melanie preguntó con los ojos bien abiertos.

"Porque me atreví a amar a alguien que ella amaba y quería para sí misma", gruñó con sus delgados y negros labios retorciéndose en una sonrisa, presentando sus largos colmillos, "y Annabella nunca fue de las que comparten sus juguetes".

"¿Pero por qué hacerle eso a tu hermana?" Melanie persistió en su investigación.

"Se suponía que Daphne era la mejor amiga de Annabella. Esperaba que Daphne me persuadiera de alejarme de la persona que quería, pero mi hermana sabía que yo amaba a esa persona y nunca me negaría mi felicidad".

Melanie echó un vistazo al retrato. "¿Y la mataste a ella y a su pobre bebé?"

"Ambos eran una plaga para la humanidad", aulló Bascombe en una horrible expresión de risa. "Le puse centaurea en su jugo y la obligué a dar a luz prematuramente, y cuando la comadrona salió de la habitación, usé una hoja fina y afilada de la propia bolsa de la bruja para perforar el vientre de la perra para que se desangrara mientras expulsaba al niño".

Bascombe se acercó a la mesa. "Ahora voy a salvar al mundo de todas ustedes también", rugió, mostró sus colmillos y levantó las manos para que todos los que estaban alrededor de la mesa pudieran ver las afiladas y negras garras en las puntas de sus peludos y deformes dedos. "Es mi deber librar al mundo de gente como ustedes."

"Pero nosotros somos DuBois", dijo Melanie. "No somos Rubidoux. Los Rubidoux y su isla han desaparecido."

Bascombe señaló a Fiona. "Ella es Rubidoux", siseó, "y ha tomado la vida de los hombres con su vil brujería". Dio un paso hacia Fiona. "Ella debe morir".

Cuando Bascombe sacó su mano para golpear, la puerta sonó.

"Detén esto, Pierre", exigió una voz masculina. "Esta ridícula venganza no sirve de nada".

Todos se volvieron para ver a Marco Lourdes caminando hacia ellos, su pálida piel brillando en la iluminación superior.

"Matthias", Bascombe jadeó al ver a Lourdes. Aulló a medida que cambiaba de aspecto. El pelo se cayó, su cara se volvió a parecer a la de un humano, y su cuerpo volvió a sus proporciones normales. Desnudo, se giró para correr por la habitación y tomó al hombre en sus brazos y le besó la boca. "Debo terminar con esto, Matthias. Debemos librar al mundo de abominaciones como estas brujas que han causado tanta destrucción y dolor."

Melanie agarró la mano de Fiona. "Es Pierre de 'Sombra Nocturna', tía Fiona. Es el hombre lobo gay que estaba enamorado del hombre que la bruja amaba." Sus ojos se abrieron mucho. "El Sr. Lourdes debe haber sido su amante." Melanie frunció la nariz mientras miraba al escritor de cabeza blanca abrazado por la delgada criatura de pelo largo y grasiento y grandes orejas en la que se había convertido Bascombe una vez más. "Eww, asqueroso", exclamó la adolescente. "Ese Sr. Bascombe no es tan guapo como el Pierre que el Sr. Lourdes escribió en 'Sombra Nocturna'."

Fiona sonrió a la chica. "Se llama licencia creativa", dijo, "y la mayoría de la gente ve a sus seres queridos mucho mejor de lo que otros en el mundo podrían verlos".

Charlie se puso de pie, sacó su arma de servicio y apuntó a Lourdes y Bascombe. "Creo que es hora de que acabemos con estos dos bastardos, sean lo que sean."

Fiona lo detuvo con su mano en el brazo. "No, Charlie", dijo en voz baja. "Déjalos tener su momento. Si las cosas se salen de control con el Bascombe, podemos manejarlo". Asintió con la cabeza a las otras mujeres alrededor de la mesa.

"¿Y cómo diablos manejarías esa cosa si él cambiara de nuevo?" Charlie exigió, sacudiendo su arma hacia Bascombe.

"De la misma manera que manejó a los hombres de piel roja esta noche", dijo la voz de Annabella mientras se materializaba con su bebé en brazos.

Charlie miró fijamente de Fiona a Annabella, jadeó al ver la aparición y dejó caer su arma. Con un suave suspiro, se desplomó de nuevo en la silla.

"Señora", dijo Rex e inclinó su sombrero ante Annabella. Revisó el cuello de Charlie con dos dedos para ver si tenía pulso. "Se desmayó", dijo con una sonrisa mientras miraba fijamente al fantasma y a su hijo, y luego a Bascombe y Lourdes. "Pero quién podría culparlo después de la noche que hemos tenido".

"Quién, en efecto", respondió Annabella con una dulce sonrisa.

"¿Por qué usaste la maldición de los vampiros en el Sr. Lourdes si lo amabas?" preguntó Melanie.

"Eres una inquisidora", dijo Annabella. "No fue mi maldición. Era la de mi padre, Arthur Rubidoux. Odiaba a Matthias pero no lo mataría por mi causa. Lo maldijo para que viviera para siempre y bebiera sangre humana en su lugar".

Los ojos de Melanie se abrieron de par en par mientras miraba fijamente al silencioso bebé en el hombro de Annabella. "Pero ¿cómo te embarazaste de un vampiro? No creí que los no muertos pudieran reproducirse". La adolescente pensó por un minuto. "¿O fue como en 'Crepúsculo'?"

"Los muertos vivientes como mi Matthias no pueden concebir hijos", respondió ella y acarició la cabeza sedosa de su bebé dormido. "Matthias me embarazó antes de que nos casáramos y mi padre le echó su maldición."

Annabella estudió a Julia por un momento y sonrió. "Tu hombre es un lobo, ¿no?"

Los ojos de Julia se abrieron mucho. "Dalton estaba maldito", dijo, "pero el clan se las arregló para revertirlo antes de que se convirtiera de nuevo o matara como la bestia".

Algunas partes de la maldición son irreversibles", compartió la aparición. "El cuerpo de una mujer humana responde a su amante lobo produciendo múltiples óvulos." Se tocó la barriga. "Para que puedan producir una camada, en lugar de un solo cachorro para su pareja.

Julia se agarró a su vientre. "¿Intentas decir que tengo más de uno aquí esta vez?"

Annabella sonrió. "Percibo tres o cuatro cachorros dentro de su vientre, Madam DuBois." Se rio y miró a Ruby. "Pero tal vez la abuela DuBois podría decirlo mejor. Tiene un gran don para leer las auras".

"¿Madre?" preguntó Julia, volviéndose hacia Ruby.

Ruby soltó un largo suspiro. "He sentido más de un feto individual en tu vientre desde que me dijiste que estabas esperando, pero no podría decir exactamente cuántos".

"¿Puedes decirlo ahora?" Julia exhaló con sus mejillas poniéndose rojas.

Ruby se acercó, puso una mano sobre el abdomen de su hija y cerró los ojos concentrada. Después de unos minutos, su rostro se iluminó con una cálida sonrisa. "Cuatro", murmuró. "Dos niñas y dos niños".

Los ojos de Julia se abrieron mucho. "Diosa, presérvame", gimió. "¿Qué voy a hacer con cuatro niños más?"

Rex se rio. "Parece que tú y el comisario necesitan ir un poco más despacio".

"No", dijo la pequeña rubia, "parece que el comisario va a tener que someterse a una maldita vasectomía".

"Ouch", dijo Charlie con una sonrisa y se agarró la entrepierna.

"Ay", dijo Julia con la mano en el abdomen. "Soy la que tiene que dar a luz a cuatro bebés, y ya tengo tres en casa."

El bebé de Annabella se inquietó sobre su hombro, y la aparición lo alivió con una palmadita suave. "Eres una mujer afortunada", le dijo a Julia. "Ahora sostengo a mi hijo", suspiró con una mirada malévola al otro lado de la habitación en Bascombe, junto a Lourdes, "pero nunca respiró en vida, y su padre nunca pudo sostener su cuerpo vivo". Esas alegrías nos las robó un hombre celoso". Su bebé soltó un débil llanto, y Annabella se desvaneció de su vista cuando un rayo atravesó el cielo y el trueno se extendió por Black Bayou.

"Nunca subestimes a una mujer despreciada", dijo Rex con sus ojos recorriendo la habitación en busca de Annabella.

Lourdes y Bascombe se unieron a ellos en la mesa. Bascombe había envuelto su demacrado cuerpo en uno de los manteles púrpura. "Por favor, perdonen mi arrebato anterior, madam", suplicó. "Matthias me ha explicado las diferencias entre las brujas DuBois y Rubidoux, y les ruego que me perdonen."

Le costó ponerse su camisa arruinada y Lourdes le ayudó con su chaqueta. Los pantalones estaban completamente arruinados, y él no intentó ponérselos.

"Te devolveré esto mañana", le dijo a Fiona, indicando la tela púrpura alrededor de su cintura. "Les dejaré con su té ahora y volveré a mi hotel." Bascombe recogió sus pantalones arruinados, deslizó sus zapatos desechados en sus pies descalzos, besó a Lourdes, y se alejó en la noche oscura donde la lluvia había comenzado a caer una vez más.

"Es un hombre extraño", dijo Rex y vació su taza.

"¿Tú crees?" Charlie dijo que con la frente arrugada. "Es un maldito hombre lobo. ¿Qué más extraño puede ser?"

"Tengan un poco de compasión, caballeros", dijo Ruby a los oficiales. "El hombre lleva una horrible maldición".

"Y lo ha llevado durante más de trescientos años", Lourdes suspiró y se volvió hacia Fiona. "¿Podría molestarla con un poco de ese té, señora?"

Fiona se puso de pie. "Por supuesto", dijo con las mejillas enrojecidas. "Lo siento mucho". Se volvió hacia Melanie. "Mel, si estás recuperada, ¿puedes venir conmigo a hacer té fresco y traer café para los chicos?"

"Claro, tía Fiona", dijo la chica con una sonrisa y se puso de pie para seguir a su tía hasta el mostrador. "Traeré el café enseguida", les dijo a Rex y a Charlie.

"Y me vendría bien un poco de algo dulce si te queda algo", dijo Rex con una sonrisa de vergüenza.

Charlie resopló y sacudió la cabeza.

"¿Qué?" Rex se defendió con un encogimiento de hombros de su uniforme. "Es más de la una de la mañana, y tengo hambre. No puedes decirle a un hombre que hay verdaderos Roogaroos ahí fuera, mujeres brujas que pueden matar a un hombre con un pensamiento, mujeres fantasmas con bebés, y" sus ojos brillaron en Lourdes, "malditos vampiros, y luego esperar que se siente aquí con el estómago vacío."

"Supongo que es mucho para que un hombre moderno acepte cuando hemos hecho todo lo posible para convertirlos a todos en criaturas de ficción", dijo Lourdes mientras miraba el retrato de Annabella. "En mi época, esas eran cosas que sabíamos que eran verdaderas y aceptadas."

Se acercó a su escritorio, vio la foto enmarcada y la recogió. Sonrió. "Jonathan era un buen hombre", dijo. "Éramos muy buenos amigos, y casi le doy el regalo a él también."

"Me pareció un actor maravilloso", dijo Ruby mientras se le subía el color a las mejillas.

"Lo era", dijo Lourdes, "pero, desgraciadamente, no tenía la apariencia hollywoodiense necesaria para una carrera exitosa y nunca pudo hacer más que una telenovela de segunda sobre vampiros que la cadena nunca pensó que tuviera oportunidad".

"Pero fue así", dijo Ruby alegremente. "A todas nos encantaba estar aquí abajo".

Lourdes sonrió y volvió a la mesa. "Sí, es cierto", dijo. "Nos estábamos volviendo locos, tratando de añadir cosas a la historia que pensábamos que los censores aceptarían."

"¿Y los fundamentalistas?" Julia añadió con una sonrisa.

Lourdes giró los ojos. "No tiene ni idea, señora." Tomó la taza de té que Fiona trajo y la bebió. "Gracias, señora. La lluvia trajo un poco de frío con ella."

"No creía que los vampiros pudieran sentir el frío", interrumpió Rex.

"Siento calor y frío como cualquier otra persona", dijo Lourdes.

"¿Qué tal los colmillos?" Rex dijo con entusiasmo. "¿Son caninos alargados como los de Drácula o los que aparecen como los vampiros de Bon Temps?"

Lourdes sonrió y retiró su labio superior para permitir que Rex viera cómo sus caninos se alargaban y se deslizaban por sus pálidas encías. "Un poco de ambos, supongo".

"¿Y cruces? ¿Las cruces te hacen daño? ¿O la plata?" Rex persistió.

No soy una criatura de Satanás", dijo Lourdes con un suspiro, "así que, no, las cruces no tienen efecto sobre mí. La plata irrita mi piel, como la luz solar directa, pero sufrí de esas alergias antes de ser maldecido. Fue algo que le sugerí a Stoker mientras escribía su cuento para darle a su personaje algunas debilidades".

Los ojos de Fiona se abrieron mucho. "¿Conoció a Bram Stoker?"

"Llevo mucho tiempo en esto y siempre he sido escritor, señora", dijo Lourdes con una sonrisa. "Caí en el círculo de los borrachos irlandeses mientras estaba en Londres. Él estaba escribiendo su historia basada en el príncipe carnicero rumano, y yo simplemente le ofrecí algunas cosas que pensé que podrían desarrollar su muy plano carácter original de alguna manera."

"Vaya", exclamó Melanie, "¿también conoces a Anne Rice y a Charlaine Harris?"

"Muy bien, en realidad. Los escritores de género tendemos a mantenernos unidos". Le sonrió a la adolescente. "Fuimos a muchas de las mismas conferencias y convenciones de escritores."

"Escribí un libro", dijo Ruby con una sonrisa vergonzosa.

Lourdes sonrió. "Lo he leído".

Fiona vio el rostro de su tía comenzar a brillar con orgullo. "¿Sí?", dijo la mujer mayor.

"Lo disfruté mucho", dijo. "Capturó el sabor de los tiempos en esta zona espléndidamente, señora". Le sonrió a Ruby. "Deberías escribir otro sobre ese horrible personaje de Tremball. Podría ser un antagonista fascinante".

Ruby sonrió. "Mi sobrina Kelly y yo hemos estado hablando de hacer justamente eso".

Julia se movió en su silla. "Mamá va a estar muy ocupada en unos pocos meses más. No va a tener tiempo para escribir libros."

Lourdes se volvió hacia Fiona. "Tengo entendido por Pierre que encontraste mi portátil y el manuscrito en mi casa."

" Sí", dijo con una mirada incómoda a su escritorio y al retrato de Annabella. "Pensamos que estabas..."

"Pero realmente no fue así, ¿verdad?" Sonrió y bajó los colmillos. "Tenías tus sospechas sobre mi... mi condición, ¿no es así?"

" Sí," suspiró Fiona. "Bascombe pidió tu escritorio y tu silla", dijo mientras observaba al autor. "Por favor, llévatelo todo. Puedo empacarlo y tenerlo listo para enviarlo si..."

"No hay necesidad", suspiró y le dio un gesto de desprecio con su pálida mano mientras miraba la cara de Annabella. "Estoy feliz de que todo permanezca aquí con ella." Tomó un sorbo de una de las tazas de porcelana que Fiona había traído de su casa. "Me alegro de que hayas podido salvar tanto antes de que la vieja casa cayera."

"La tía Fiona terminó tu libro", le dijo Melanie a Lourdes. "Es realmente bueno".

El autor sonrió. "Estoy deseando leerlo".

"Tengo tus diarios, si quieres llevarlos", le dijo Fiona.

Lourdes sacudió su cabeza de nuevo. "Deberían permanecer en Santa Isabel, también. Estaré contento con mi escritorio y silla con Pierre en su apartamento de Nueva York."

"¿Cómo puedes soportar estar con ese hombre", dijo Melanie, "cuando asesinó a tu esposa y a ese dulce bebé?"

Lourdes miró fijamente el retrato de su difunta esposa, y una triste sonrisa se asentó en su rostro. "Annabella era lo que hoy llamaríamos una romántica sin remedio, y eso me encantaba de ella. Pasaba sus días en la isla leyendo poesía y soñando con escapar de su cansado padre, Arthur Rubidoux."

Fiona pensó en su padre. ¿Su abuela Carlisle sabía algo sobre el Arthur Rubidoux original? ¿Por eso llamó a su hijo Arthur?

"Pero pensé que eras gay". Melanie dijo que con sus mejillas ruborizadas.

"Supongo que hoy me etiquetarían como bisexual", dijo Lourdes. "Puedo ser estimulado por igual por hombres y mujeres".

"Oh, Dios mío", exclamó Rex desde su asiento más lejos de la mesa.

"Cállate", Charlie regañó a su compañero. "Esto es interesante".

Rex agarró otro pastel de la bandeja que Melanie había colocado en el centro de la mesa y se lo metió en la boca.

"Gracias, Charles", dijo Lourdes. "Conocí a tu abuelo cuando era joven. Era un buen hombre, y tú te pareces mucho a él".

Fiona vio el rostro de Charlie iluminarse al mencionar a su amado abuelo. "Gracias, Sr. Lourdes. El abuelo falleció en los años sesenta. Fue mordido por una culebra cabeza de cobre mientras salía a cazar".

"Mientras estuve fuera en Nueva York". El autor asintió con la cabeza. "Lo sé".

"¿Conocía a alguien de mi familia Beauforte o Ferrier?" preguntó Rex con una amplia sonrisa.

Lourdes sonrió y le guiñó un ojo a Fiona. "Yo, en efecto, conocí a tu bisabuelo Herman Beauforte. Era un conocido corredor de rumores durante la prohibición y trabajó para uno de esos despiadados grupos cubanos... que ahora llaman cárteles, pero eran el mismo tipo de gánsteres asesinos. Creo que se casó con una de las muchachitas que trabajaban en uno de los barrios marginales del río, ¿no? Marlena, creo que su nombre era..." El autor silbó. "Dulce cosita con piernas hasta aquí". Se pasó el dedo por el pecho.

"Eran ellos", dijo Rex, un poco desinflado, "los padres de mi madre". Herman era un viejo bastardo malvado que terminó sus días en la cárcel. Golpeó a su esposa hasta matarla por engañarlo".

"Es extraño", dijo Lourdes con un movimiento de cabeza, "porque según recuerdo, Herman se cogía a cualquier mujer que abriera las piernas por él. ¿Por qué mataría a su esposa por tener un amante?"

"Alguien lo apuñaló en el patio de Angola", dijo Rex. " Pero mamá amaba a ese anciano. Juró el día de su muerte que él había sido incriminado por el asesinato de su abuela".

"Tu madre también era una mujer hermosa", dijo Lourdes con una sonrisa. "La vi bailar en un club de Nueva Orleans una vez. Era tan buena como Gypsy Rose Lee cuando la vi en Nueva York".

"Oh, cielos", dijo Ruby y se llevó la taza a los labios para ocultar su sonrisa.

"Bueno", dijo Rex con sus mejillas profundamente escarlatas, "es tarde". Creo que me iré a casa ahora". Se puso el sombrero de nuevo en y salió del edificio.

Charlie sonrió a Lourdes mientras el hombre de cabeza blanca se paraba para salir también. "Se lo merecía desde hace mucho tiempo". El oficial vació su taza, se puso de pie y fue a ponerse detrás de Fiona. "Supongo que será mejor que yo también me vaya." Se inclinó y besó la parte superior de la cabeza de Fiona.

Melanie se puso de pie y ayudó a su abuela a ponerse de pie. "Deberías quedarte con la tía Fiona esta noche, Charlie", dijo la adolescente, y Ruby resopló.

"¿Qué?" dijo la joven. "Son adultos, y el pobre Charlie ha estado tratando de meterse en sus pantalones desde hace mucho tiempo."

"Melanie", regañó Fiona con una sonrisa avergonzada en los labios.

"Lleva al pobre hombre arriba y hazlo ya, tía Fiona. Ya has hecho sufrir bastante al pobre hombre", continuó la chica. "La tensión entre ustedes dos podría cortarse con un cuchillo."

Julia giró los ojos mientras tomaba a Melanie y a su madre de los brazos y caminaba con ellas hacia la puerta. "Hoy fue un gran evento, Fiona. Deberías hacerlo más seguido."

"Tal vez cuando Ruby publique su próximo libro", dijo Fiona.

"Voy a hacer que lo cumplas", respondió Ruby, "y estaré esperando los carteles y la banda también".

"¿De qué demonios hablaba esa chica, Fi?" Charlie susurró cuando las mujeres DuBois salieron del edificio.

Fiona sonrió al apuesto hombre. Qué demonios. De todas formas, no tenía ganas de pasar la noche sola. Tomó su cálida mano en la suya. La registradora tendría que esperar hasta la mañana. Caminaron juntos hasta la puerta, la cerraron con llave y apagaron las luces.

"Sube conmigo, Charlie", le susurró Fiona al oído, "y te daré un verdadero tour por mi apartamento".

Charlie tomó a Fiona en sus brazos y la besó. "¿Esta es esa 'otra vez' que seguiste prometiendo?"

"Lo es", dijo ella y lo besó de nuevo.

CAPÍTULO DIECISÉIS

El timbre de su teléfono despertó a Fiona.

Charlie tenía turno temprano ese día y ya se había ido a trabajar. Ella se levantó de la cama desaliñada para buscar su teléfono. Fiona sonrió a la cama desordenada y a su apartamento, repleto de las cosas de Charlie. Él casi se había mudado con ella ahora, y Fiona tuvo que admitir que nunca había sido más feliz. El guapo oficial era una buena compañía, un conversador fácil y una máquina en la cama.

Encontró el teléfono y deseó tomar una taza del café que olía. Fiona reconoció el código de área de Nueva York, si no el número. "Hola", dijo y trató de no sonar como si acabara de despertarse.

"¿Es la Sra. Fiona DuBois?", preguntó una mujer.

"Sí, soy yo".

"Si espera un momento, le pondré en contacto con el Sr. William Firth de Hardscape Press".

"Muy bien", dijo Fiona y se quitó el sueño de los ojos mientras llenaba una taza de la cafetera.

"Sra. DuBois", dijo una voz masculina, "soy William Firth, editor en jefe de Hardscape Press".

"¿Sí?" Fiona dijo en un tono incierto. "¿En qué puedo ayudarle?"

Fiona no había oído una palabra de la editorial desde que les envió el manuscrito de Lourdes. Se preguntaba si estaban molestos porque ella había añadido los capítulos al final. "Si están molestos por lo que añadí al manuscrito del Sr. Lourdes, lo entiendo perfectamente", dijo. "Probablemente no debería haber hecho..."

"Es exactamente por eso que llamo, Sra. DuBois, pero no estamos molestos en absoluto."

Fiona exhaló con alivio.

"¿Es usted, por casualidad, una autora publicada, Sra. DuBois?"

Fiona se rio. "Sólo unos pocos artículos en una revista universitaria de hace una vida."

"¿No hay cuentos o novelas entonces?"

"No", dijo Fiona, arqueando la frente con desconcierto. "¿Por qué?"

"Nosotros, aquí en Hardscape, esperábamos ver algunas otras muestras de su trabajo."

El corazón de Fiona comenzó a latir un poco más rápido en su pecho. ¿Qué querría Hardscape con otras muestras de su trabajo?

"¿Cree que podría armar un pequeño portafolio de historias para mí, Sra. DuBois?" Firth dijo. "Digamos tres o cuatro historias cortas de cinco a diez mil palabras cada una?"

"Podría hacerlo", dijo Fiona. "¿Algún género en particular?"

"Le sugiero que vaya a nuestra página web para ver algunos de nuestros trabajos publicados. Escríbame algo de uno o más de los géneros que encuentre allí, pero Hardscape también tiene varias publicaciones diferentes. Compruébelas también y envíeme un surtido de lo que le resulte más cómodo".

"¿Puedo preguntar por qué?" Fiona dijo, sintiéndose envalentonada.

Firth se rio entre dientes. "Los editores de aquí quedaron muy impresionados con sus capítulos finales del manuscrito del Sr. Lourdes", dijo, "y creemos que podría haber un lugar para usted aquí en Hardscape Press".

"Estoy agradecida", dijo Fiona con un suspiro. "Gracias por esta oportunidad".

"Es un placer. Siempre estamos buscando nuevos talentos aquí en Hardscape. ¿Puedo enviarle un mensaje de texto a este número?"

"Sí, por supuesto".

" Le enviaré mi dirección de correo electrónico personal, y usted puede enviarme las historias allí en un archivo o en el cuerpo del correo electrónico. El departamento de envíos borra los archivos de documentos no solicitados, y no me gustaría que su trabajo se perdiera en la confusión electrónica por aquí."

"Gracias", dijo Fiona. "Me pondré a trabajar en eso ahora mismo." "Creo que alguien se pondrá en contacto con usted desde la oficina de negocios", añadió. "Quieren agregar su nombre a la portada del libro como autor colaborador y le darán un pequeño porcentaje de las regalías del próximo libro de Lourdes".

"Oh, wow", dijo Fiona, "En realidad, nunca esperé eso".

Firth se rio otra vez. "También la contactará Alan Davis, el editor de contenido del manuscrito del Sr. Lourdes, para hacer cualquier reescritura que crea que el libro necesita."

"Oh, Dios", exclamó ella.

"Por el tono de su voz, supongo que ya ha tenido algunos tratos con él."

"Que si los he tenido!".

"No es el hombre más simpático de Hardscape", dijo Firth riendo, "pero es bueno en lo que hace".

"Intentaré tener eso en mente".

"Que tenga un buen día, Sra. DuBois, y le enviaré ese mensaje tan pronto como colguemos. Estoy muy emocionado de ver lo que tendrá para mí".

"¿Cuál es su género favorito, señor Firth?", preguntó.

"Me debato entre la acción/aventura y lo paranormal". Se rio. "Depende del día".

Fiona sonrió. "Veré qué se me ocurre".

"Denme historias con personajes fuertes y creíbles, escenarios realistas y vibrantes, y buenas tramas".

"Haré lo mejor que pueda", prometió Fiona y colgó.

Vació la cafetera y fue al baño a ducharse. Fiona frunció el ceño cuando vio la toalla mojada de Charlie tirada al borde de la bañera.

"Eres tan terrible como una adolescente, Charlie", murmuró Fiona mientras recogía la toalla para ponerla a secar sobre el toallero vacío.

Fiona se vistió con un fresco vestido de verano, puso un surtido de pasteles en una caja, y condujo a casa de su tía Ruby para el desayuno del primer domingo y el café en el patio con su familia. Estaba ansiosa por contarle a todo el mundo la noticia de la llamada del editor de Hardscape.

"Vaya, tía Fiona", dijo Benny mientras apilaba pasteles de frambuesa en su plato. "Vas a ser una autora de fama mundial como ese vampiro".

Fiona sonrió. "No sé, Benny, pero van a poner mi nombre en la portada del libro de Lourdes y me darán una parte de las regalías".

La ceja de Ruby subió. "¿Cuánto?"

Fiona se encogió de hombros. "No lo sé", dijo, "pero yo escribí el ocho por ciento del libro.

"El ocho por ciento de un millón son ochenta mil dólares", comentó Julia con la frente arqueada. "¿Los libros de Lourdes no se venden normalmente por millones?"

"Y no te olvides de los derechos de la película", añadió Dalton. "Tendrías derecho a un ocho por ciento de esos también. ¿No están haciendo películas de esos dos libros autopublicados que él escribió?"

"Escuché que eligieron a Chris Pratt para interpretar a Pierre en 'Sombra Nocturna'", dijo Melanie. "Afortunadamente se parece más al Pierre del libro que al de la vida real".

Todos los que habían visto a Bascombe se rieron. "Creo que ese chico Pratt será un maravilloso Pierre", aceptó Ruby.

Fiona bebió su café. "Ahora sólo tengo que decidir qué escribir". Ella ahuyentó un mosquito con su servilleta. "Quiere tres o cuatro historias cortas de cinco a diez mil palabras en el género que yo elija."

"Son muchos géneros", suspiró Kelly mientras hacía eructar a su hijo recién nacido, Christopher Kyle DuBois, "pero creo que Hardscape publica sobre todo cosas de acción, thrillers y cosas de horror paranormal como las de Lourdes".

"Tienen un romance, ficción femenina y también divisiones de ciencia ficción", dijo Ruby.

"Bueno, la ciencia ficción no me interesa", dijo Fiona. "No tengo cabeza para esas cosas tecnológicas como las naves espaciales y los robots".

"Ahora se llaman I.A., tía Fiona", corrigió Benny. "Como en la inteligencia artificial."

"Mira", se rio Fiona, "la niña de doce años sabe más sobre esto que yo".

"Podrías escribir un romance apasionado sobre ti y Charlie", dijo Melanie con una sonrisa.

"Tendrías que corregirlo para asegurarte de que tengo todas las escenas de beso correctas."

"No, demasiado asqueroso", dijo la adolescente con la nariz arrugada de asco.

Las mujeres mayores y Dalton se rieron mientras Benny se sentaba con una mirada en blanco en su cara pecosa.

"Entremos donde está más fresco", dijo finalmente Ruby.

"Estoy a favor de ir a la piscina", dijo Dalton. "¿Qué tal si me acompañas, Benny?"

"Me parece bien". El chico se quitó la camiseta y se dirigió a la piscina.

"¿Cómo van las cosas con esa maldita agencia de cobros, Fiona?" preguntó Ruby mientras caminaban por el patio.

Fiona sonrió. "Dejaron de lado el contrato falso y me dieron un cheque gordo después de que les amenazara con demandarles por los daños físicos y emocionales que Héctor y sus hombres causaron en mi tienda. He puesto parte de ello en una cuenta de fideicomiso para la universidad de Melanie".

Le abrió la puerta a Ruby y se deleitó con el aire fresco que salía de la casa con aire acondicionado. "Probablemente no afectó que me presentara con Charlie y Rex de uniforme con carpetas llenas de fotos brillantes a todo color de los daños y Rex soltando indirectas sobre las brujas de Black Bayou que eran mi familia en ambos lados."

Ruby se rio. "¿Te llevaste a Annabella contigo?"

"Creo que ella tuvo su brazo alrededor de Rex todo el tiempo", dijo Fiona con una sonrisa pícara, "y se materializó cada vez que mencionó a las brujas. Dudo seriamente que Native Portfolio Recovery se aventure a volver a las áreas de St. Elizabeth o St. Martinsville en un futuro próximo". Entró en la espaciosa cocina y sonrió. "Ahora tienen tres incorporaciones permanentes a su personal de oficina. Annabella arrastró a Héctor y a sus dos socios y los encadenó a las oficinas de Native Portfolio Recovery."

"Ay, Dios mío". Ruby se rio.

Se detuvieron en la cocina para tomar vasos de agua helada antes de sentarse en la espaciosa sala de estar de la casa de la plantación. "Veo que Benny y Annabella también han estado ocupados por aquí", dijo Fiona cuando vio a su tío Ben sentarse al lado de su esposa junto con el difunto Ben Jr. y la guapa madre de Melanie, Terry.

"Es agradable tener a toda la familia junta de nuevo", dijo Ruby con un suspiro. "Me alegro de que la chica Rubidoux le dijera a Benny qué hacer para que eso ocurriera".

"¿Vas a decirle a tu padre lo que tiene que hacer?" Ruby le preguntó a Fiona.

Arthur Carlisle había fallecido mientras dormía una semana después del memorial de Marco Lourdes. Fiona había hecho cremar al hombre y no se había molestado en aparecer en el poco concurrido servicio que el Padre Jim le había hecho en St. Agnes.

"En lo que a mí concierne, ese odioso viejo bastardo puede caminar por los pasillos de Shady Rest por toda la eternidad", dijo ella. "Estoy segura de que disfrutará persiguiendo a las pobres empleadas de allí."

"Hablando de odiosos bastardos", Kelly dijo con una sonrisa, "Vi a

Elliot paseando por el borde del pantano donde la policía dice que su esposa arrojó su cuerpo".

Lindsey Clegg había sido arrestada por el asesinato de su marido Elliot después de que él ganara un gran premio de póquer en el Casino de Belle Isle. Charlie le había dicho a Fiona que la mujer admitió haber envenenado el champán de Elliot con una dosis de veneno para ratas mientras celebraban su gran victoria y luego arrojaron su cuerpo al pantano desde el yate de lujo en el que habían estado viviendo juntos. Ella alegó abuso conyugal e infidelidad como su razón.

El cuerpo de Elliot nunca fue recuperado, y la policía decidió, como en el caso de Lourdes, que su cuerpo había sido llevado al fondo por un caimán para descomponerse y ser consumido posteriormente.

"Le sirvió bien", se burló Fiona, "y puede pasar la eternidad tropezando en el barro a lo largo del maldito Bayou en lo que a mí respecta".

"Te has convertido en una mujer dura, Fiona", susurró el espíritu de su madre, Annette DuBois Carlisle, sobre el hombro de Fiona.

"Estoy mejorando, mamá", dijo, "¿pero puedes culparme después de todos estos años con papá y luego con Elliot?"

"Debiste haberte dado cuenta con Elliot", dijo su madre. "Te advertí sobre la clase de hombre que era, pero me alegro de que finalmente tengas uno bueno en tu vida".

"Lo sé, mamá", dijo Fiona y le dio una palmadita en la suave mejilla. A Fiona aún le resultaba difícil llamar a esta mujer, que parecía dos décadas más joven que ella, mamá, pero lo hizo y le encantaba tener a la mujer de vuelta en su vida. Annette iba a casi todas partes con Fiona y amaba a Charlie y a El Pan de la Vida.

"Hablemos de lo que vas a escribir", dijo Ruby mientras sacaba antiguos diarios de cuero de las estanterías junto a su chimenea. "Sé que hay una gran cantidad de historias en ellos esperando a ser escritas."

EPÍLOGO

Las cajas de libros con su nombre en las portadas llegaron dos semanas antes de Navidad.

Melanie había ayudado a su tía a decorar la tienda con un enorme abeto y guirnaldas para Navidad. Fiona podría haber sido una bruja DuBois atea, pero también era una práctica propietaria de negocios, y sabía que la temporada de Navidad era cuando los libros se vendían mejor. Fiona había planeado otro pequeño evento de firmas para el lanzamiento de " La Isla de la Bruja", pero esta vez ella sería la que haría las firmas.

Esta vez se vistieron con trajes victorianos de terciopelo rojo y verde, y ella contrató a la misma banda para tocar villancicos con un toque de Dixieland. El camión de comida tenía castañas asadas y muslos de pavo. Su mostrador dentro de El Pan de Vida ofrecía un rompope sin alcohol y los pastelitos de ciruela de la Srta. Penny.

El Sr. Bascombe, con algunas insistencias de Lourdes, ayudó a Fiona con la publicidad del evento. Después de todo, seguía siendo el libro de Lourdes, y su parte de las regalías se depositaría en las cuentas de Lourdes. Fiona estaba segura de que después de tres siglos, los hombres sabían cómo manejar sus fondos al cambiar de identidad y de lugar.

"Estamos muy orgullosos de sus logros, señora DuBois", dijo Bascombe durante una de sus muchas conversaciones telefónicas. "Felicitaciones por los contratos con Hardscape y Aurora."

Después de enviar al Sr. Firth cuatro cuentos de diez mil palabras -dos aventuras ambientadas en el pantano de Luisiana, un romance ambientado en el Viejo Oeste y una historia de fantasmas sobre un asilo de locos embrujado-, Hardscape le había ofrecido a Fiona un contrato de publicación para una novela basada en la historia de fantasmas, y su sello romántico, Aurora Books, le había ofrecido un contrato para la historia del Viejo Oeste con la opción de convertirla en una serie.

"Gracias, Sr. Bascombe."

"Por favor, llámeme Pierre, señora", insistió. "Después de todo lo que le he hecho pasar, siento que le debo al menos esa pequeña consideración."

"Gracias, Pierre", dijo inquieta. "¿Matthias dijo que podrías viajar pronto después de las fiestas?" Fiona había decidido llamar a Lourdes por su nombre de nacimiento como Bascombe y Annabella lo hacían, aunque nunca mencionó a Annabella a Bascombe.

"Oh, sí", dijo en un tono alegre. "Vamos a cerrar el apartamento aquí en Nueva York y nos mudaremos al sur de Francia por un tiempo."

Fiona se preguntaba qué nueva identidad pretendía asumir Lourdes ahora. ¿El va a escribir novelas de nuevo? ¿Guiones, tal vez?

"Eso suena encantador", dijo Fiona. "Nunca he estado en Francia".

Nunca había estado en ningún parte excepto en algunas islas del Caribe y un viaje que el negocio de barcos de Elliot había ganado a Hawái.

"Entonces tendrás que venir una vez que nos instalemos en la villa de Matthias", dijo.

"¿Es dueño de una villa?"

"Viejas propiedades familiares de antes de que viajaran a Norte-américa", dijo Bascombe.

"Me sorprende que algo tan antiguo siga en pie y sea habitable. Pensé que la Inquisición había confiscado todas las propiedades de las familias mágicas cuando huyeron de Francia y las presentaron al Vaticano para ser repartidas a sus lacayos."

"Lo hicieron, pero después de que la segunda guerra mundial terminó y los nazis fueron llevados de vuelta a Alemania, Matthias se ocupó de recuperar las propiedades de Lourdes en Francia. Le llevó años", dijo Bascombe, "y un sinfín de sobornos, pero lo logró y tomó posesión de esta villa en particular en la década de 1960 junto con otras pocas que han sido vendidas o derribadas desde entonces".

Fiona se preguntaba si era allí donde Lourdes había desaparecido después de "Sombras Tenebrosas". "A menudo me he preguntado qué fue de esas propiedades que la Inquisición robó."

"Creo que Matthias podría ser de ayuda para localizar y recuperar la propiedad de los DuBois", titubeó Bascombe, "o incluso la propiedad de los Rubidoux allí". Podría, sin duda, considerarse un heredero legal de ellos, ya que la mayoría de los otros Rubidoux ya se han ido."

Fiona se rio. "Estoy bastante feliz con lo que tengo aquí en Santa Isabel", dijo Fiona, "y mi francés es terrible". No podría hacer más que pedir café o pedir un baño".

"Tome un curso en línea, señora DuBois. El francés es su patrimonio. Debería abrazarlo como ha abrazado su otra herencia única allí en Luisiana."

"Lo pensaré un poco", dijo Fiona. "Necesito terminar esta firma de libros y la Navidad primero".

"Estoy seguro de que le irá de maravilla, señora, si su último magnífico evento fue una indicación de su destreza."

Fiona sonrió. El homenaje a Lourdes había recaudado una suma considerable para El Pan de la Vida, y elevó la posición de Fiona en la comunidad empresarial de Santa Isabel. Se le había pedido que se uniera a la Cámara de Comercio, aunque la mala reputación de Elliot la había mantenido fuera antes.

El instituto y el colegio comunitario local le habían pedido que viniera y diera charlas a los estudiantes sobre escritura y gestión de pequeños negocios.

El día de la firma, Fiona estaba tan nerviosa como una colegiala en su primera cita. No tenía por qué estarlo. El día amaneció cálido y soleado para ser diciembre, la banda tocó en el estacionamiento de afuera, y la gente vino. El Pan de la Vida estuvo lleno hasta el límite de su capacidad durante la mayor parte del día. Ella, Ruby, y algunos otros autores locales con mesas vendieron sus libros. Raquel Clairvoux montó una impresionante muestra de pinturas que había hecho de la joven bruja Angelique Clairvoux, las mujeres fantasmas de Angelique del libro de Ruby, y personajes de los libros de Lourdes. Fiona sonrió cuando vio cuánto se parecía el retrato de Pierre de "Sombra Nocturna" al del actor Chris Pratt. Lo compró inmediatamente para enviarlo a Matthias en Nueva York junto con un retrato que el mismo artista había hecho de Lourdes.

Cuando Melanie arqueó la caja registradora esa noche, El Pan de la Vida sólo había hecho una fracción de lo que habían hecho para el homenaje a Lourdes, pero Fiona estaba emocionada y juró hacer otro muy pronto.

Charlie puso su brazo alrededor de Fiona después de que todos se habían ido. Le besó la parte superior de la cabeza. "Eres un éxito, cariño", dijo con una amplia sonrisa en su hermoso rostro. "¿Vamos arriba y celebramos como es debido?"

Le hizo una sonrisa maliciosa. "No lo sé, Charlie. ¿Quizás la próxima vez?"

Su sonrisa se desvaneció por un instante, pero volvió aún más amplia que antes. "Al diablo la próxima vez, mujer", dijo mientras tomaba a Fiona en sus brazos. "No más próximas veces para esta vieja rata de pantano".

Fiona gritó mientras él abría la puerta y la subía por las escaleras. "Te vas a romper la espalda tratando de llevarme por estas malditas escaleras, Charlie", regañó Fiona al hombre que la llevó. "Entonces, ¿qué voy a hacer?"

Abrió la puerta del apartamento, llevó a Fiona a la cama deshecha y la dejó caer en el colchón. "Supongo que tendrás que ser tú la que esté arriba mientras me curo, entonces."

Fiona sonrió al hombre sonriente. "Te amo, Charles DuBois".

Estimado Lector,

Deseo que haya disfrutado leyendo *Un Mal Presagio*. Por favor, tome un momento para escribir un comentario, aunque sea algo corto. Su opinión es importante para nosotros.

Puede encontrar más libros de Lori Beasley Bradley en https://www.nextchapter.pub/authors/lori-beasley-bradley

Saludos,

Lori Beasley Bradley y el equipo de Next Chapter.

CPSIA information can be obtained
at www.ICGtesting.com
Printed in the USA
LVHW090351200221
679376LV00010B/231/J